AF208704

Ein Buch von Pascal Bornkessel

basierend auf dem Film

MY BLOODY LOVE

Actors:

Manoush

Sabrina Arnds

Pascal Bornkessel

und weitere

Director of Photography:

Stefan Sierecki

© 2025 Pascal Bornkessel
Verlag: BoD · Books on Demand GmbH,
Überseering 33, 22297 Hamburg, bod@bod.de
Druck: Libri Plureos GmbH, Friedensallee 273,
22763 Hamburg
ISBN: 978-3-8192-6392-7

SABRINA ARNDS

MY BLOODY LOVE

PASCAL BORNKESSEL

Inhaltsverzeichnis

Kapitel 1: Der letzte Lauf

Die Sonne warf goldene Lichtflecken auf den Waldboden. Mary spürte das weiche Moos unter ihren Schuhen, während sie sich ihre Kopfhörer aufsetzte und auf „Play" drückte. Der erste Beat der Musik vibrierte durch ihren Körper – ein vertrauter Rhythmus, der sie in eine andere Welt versetzte. Sie schloss für einen Moment die Augen und atmete tief die frische, würzige Luft ein. Vögel zwitscherten hoch oben in den Bäumen, irgendwo knackte ein Ast. Doch es störte sie nicht. Es war ihr Moment, ihr Morgen.

Mary lief los. Der Kiesweg unter ihren Füßen knirschte leise, als sie durch das grüne Blätterdach joggte. Die Äste über ihr bewegten sich kaum – kein Wind, nur die warme Frühlingsluft und die Musik in ihren Ohren.

„Freue mich, euch später die neue Wohnung zu zeigen", hatte sie kurz vor dem Lauf noch getippt. An Hanna. Und an John.

Sie grinste in sich hinein. Endlich ein Neuanfang. Alles war frisch gestrichen, neu möbliert. Sie hatte es sich so schön gemacht. Schlicht, stilvoll – ganz Mary eben. Und heute Abend würden ihre besten Freunde es endlich sehen.

Sie joggte weiter, nun direkt am Rhein entlang. Das Wasser glitzerte in der Morgensonne. Der Fluss rauschte sanft neben ihr, begleitete ihren Lauf.

Ihre Schritte wurden schneller, sie spürte das Adrenalin, die Energie.

Sie hielt inne.

Sie beugte sich vor, stützte die Hände auf die Oberschenkel und atmete tief durch. Der Schweiß rann ihr von der Stirn, ihr Herz klopfte heftig. Plötzlich…Ein Schatten.

Aus dem Augenwinkel sah sie eine Bewegung. Etwas – oder jemand – rannte zwischen den Bäumen hindurch. Von einem Stamm zum nächsten, kaum sichtbar, aber eindeutig. Ihr Magen zog sich zusammen.

Langsam nahm sie die Kopfhörer ab.

Stille.

Nur das Rauschen des Flusses, das Zwitschern, ein paar entfernte Autogeräusche… und dann – wieder ein Rascheln.

Mary sah sich um. Ihr Atem ging schneller. Ihr Blick huschte zwischen den Bäumen umher. „War da jemand?" Ihre Gedanken versuchten die Panik zu verdrängen. Wahrscheinlich nur ein Reh, redete sie sich ein. Oder ein Hund. Ein Jogger. Irgendetwas Banales.

Doch ihr Körper reagierte instinktiv.

Sie setzte sich wieder in Bewegung – diesmal schneller, die Beine angespannt, der Schritt flacher. Sie lief.

Dann – ein Schlag.

Etwas Hartes traf sie seitlich am Kopf.

Sie schrie auf, verlor das Gleichgewicht.

Der Waldboden kam ihr plötzlich viel zu schnell
entgegen. Sie schlug auf, ihre Nase knirschte unter
dem Aufprall, Blut schoss ihr ins Gesicht. Tränen
stiegen ihr in die Augen, unkontrolliert.

Sie keuchte, kroch nach vorne, versuchte mit den
Armen den Waldboden zu greifen, wegzukommen.

Ein Schatten über ihr. Ein Griff an ihren Knöcheln.
Grob.

Sie schrie.

„Nein! Bitte!"

Doch da war niemand mehr, der sie hörte.

Mary wurde rückwärts gezogen.

Ihre Fingernägel krallten sich verzweifelt in den
Waldboden, doch der Griff war stärker.

Ihre Schreie verhallten zwischen den Bäumen,
vermischten sich mit dem Wind und dem Rauschen
des Rheins.

Und dann – wurde sie in ihr Verderben gezerrt.

Kapitel 2: Die Schatten der Stille

Sanftes Licht fiel durch die halb geöffneten Jalousien und zeichnete zarte Muster auf die weiße Bettwäsche. Die Morgenstille wurde nur von einem leisen Rascheln unterbrochen – John, der sich schlaftrunken auf die Seite drehte. Hanna lag bereits wach neben ihm, ihr Blick schweifte über sein Gesicht. Für einen Moment wirkte er friedlich, ganz in sich versunken. Sie lächelte.
Dann beugte sie sich vor, gab ihm einen Kuss auf die Stirn.

„Guten Morgen, Baby", flüsterte sie.

John blinzelte, als müsse er aus einem zu tiefen Traum auftauchen. Seine Augenlider flatterten kurz, bevor er sie öffnete.

„Morgen…", murmelte er verschlafen und erwiderte ihren Blick.

Sie lächelte wieder, zärtlich, fast schon verliebt, als wäre jeder Tag mit ihm ein kleines Geschenk.

„Hast du gut geschlafen?"

Er zögerte kurz.

„Nicht wirklich", sagte er schließlich, seine Stimme etwas rau.

Hanna legte den Kopf schräg.

„Warum nicht?"

John runzelte die Stirn, als würde er etwas verdrängen.

„Ich hatte einen komischen Traum… aber ich kann mich nicht mehr wirklich daran erinnern."

„Dafür hast du aber ganz schön lange geschlafen."

Ein sanftes Lachen füllte das Zimmer, beide kicherten leise. Es war dieses vertraute Lachen, das Beziehungen über Jahre trug – leicht, echt, warm.

„Ich freue mich, Mary heute Abend wiederzusehen", sagte Hanna nach einer kleinen Pause. Man hörte in ihrer Stimme eine gewisse Aufregung – die Art Vorfreude, die man für jemanden empfindet, den man lange nicht gesehen hat.

John nickte.

„Ich mich auch. Aber besonders bin ich auf ihre neue Wohnung gespannt."

„So wie ich Mary kenne, sieht alles perfekt aus. Schlicht, stilbewusst… bestimmt hat sie wieder jeden Zentimeter farblich abgestimmt."

John grinste. „Und alles neu, natürlich."

Sie lachten wieder. Doch das warme Gefühl, das sich gerade noch im Raum ausgebreitet hatte, wurde durch ein elektronisches Geräusch unterbrochen – Johns Handy vibrierte auf dem Nachttisch.

Er griff danach, entsperrte den Bildschirm, und seine Stirn legte sich in Falten.

Er las eine Nachricht von Kevin. Nur ein paar Zeilen, aber genug, um etwas in seinem Gesicht zu verändern.

Hanna bemerkte es sofort.

„Baby, wer ist das?"

Er reagierte einen Moment zu schnell. „Ach… niemand."

Dann legte er das Handy weg, als wäre es bedeutungslos. Hanna ließ ihren Blick auf ihm ruhen, suchte in seinem Gesicht nach der Wahrheit. Doch sie sagte nur:

„Okay."

Ein stilles Schweigen legte sich über die beiden. Nicht unangenehm – aber auch nicht vertraut.
Es war das Schweigen, das Dinge zwischen zwei Menschen wachsen ließ, die keiner aussprechen wollte.

John drehte sich auf die Seite, den Blick zur Wand.

„Wir haben ja noch ein bisschen Zeit, bis wir los müssen…", sagte Hanna leise.

John antwortete nicht sofort.
„Das heißt?"

Sie lächelte, legte sich auf ihn, küsste ihn. Ihre Berührung war sanft, tastend, liebevoll. Doch John blieb zurückhaltend. Sein Blick war abwesend, als hätte etwas anderes in seinem Kopf bereits Raum eingenommen. Trotzdem erwiderte er ihren Kuss – flüchtig.

Kurze Zeit später stand Hanna im Badezimmer vor dem Spiegel. Sie putzte sich die Zähne, spülte den Mund aus, dann griff sie nach ihrem Lippenstift. Routiniert, fast schon mechanisch, trug sie ihn auf. Doch ihr Blick war nicht bei der Sache. Ihre Augen huschten immer wieder in Richtung Tür.

Draußen, im Schlafzimmer, hörte sie dumpfe Geräusche – Liegestütze. Dann das metallische Klirren von Hanteln. John versuchte sich offenbar abzulenken, in Bewegung zu bleiben, seinen Kopf zu beschäftigen. Doch etwas war anders heute. Seine Energie wirkte forciert. Getrieben.

Hannas Blick veränderte sich. Sie spürte es. Dieses feine Gespür, das man in Beziehungen entwickelt – wenn etwas nicht stimmt. Wenn jemand etwas verbirgt.

Im Schlafzimmer vibrierte Johns Handy erneut. Diesmal lauter. Unüberhörbar. John hielt inne. Sein Gesicht war schweißbedeckt, seine Brust hob und senkte sich heftig. Er griff nach dem Handy, las – dieselbe Nummer wie zuvor. Dieselbe Person.
Seine Stirn legte sich in Falten. Kurz blinzelte er, dann schüttelte er den Kopf.

Wütend schleuderte er das Handy auf die Bettkante. Es fiel auf die Matratze, rutschte zur Seite. John setzte sich aufs Bett, legte die Hände auf die Stirn und verharrte.

Sekunden vergingen.

Dann stand er auf, fast mechanisch, verließ wortlos das Zimmer.

Im Flur begegnete er Hanna.

„Bist du fertig, Schatz?", fragte sie, die Stimme sanft, aber forschend.

„In fünf Minuten. Gehe eben noch duschen", murmelte er und wich ihrem Blick aus.

Er verschwand im Badezimmer. Kurz darauf hörte sie das Wasser rauschen.

Hanna stand regungslos im Flur. Ihre Lippen pressten sich aufeinander. Sie spürte ein ungutes Gefühl in der Brust – eine Mischung aus Sorge und Misstrauen.

John stand unter der Dusche. Das Wasser rann heiß über seinen Körper. Er presste die Hände gegen die Fliesen, beugte sich leicht nach vorne und ließ das Wasser über seinen Nacken laufen. Es war, als wolle er sich etwas abwaschen, das tiefer saß als Schweiß – als stecke da etwas in ihm, das nicht einfach verschwand.
Sein Blick war leer, nach innen gerichtet.

„Schatz, kommst du? Wir müssen gleich los."

Hannas Stimme klang geduldig, aber mit einem Hauch Dringlichkeit.

„Ja, ich komme", antwortete John und trat aus der Dusche. Er griff nach dem Handtuch, trocknete sich ab, starrte kurz in den Spiegel – sein Blick war gehetzt.

Wenig später stand er wieder vor Hanna. Ihre Blicke trafen sich. Hanna versuchte zu lächeln, doch ihre Augen waren wachsam.

„Was ist los?", fragte sie.

„Es ist alles okay", antwortete er schnell.

„Ich merke doch, dass du irgendwas hast."

Er zuckte mit den Schultern. „Bin heute einfach nicht gut drauf, denke ich."

„Was ist denn los?"

„Ach nichts... so Tage hat man doch mal, oder?!" Er zwang sich zu einem Lächeln und küsste sie auf die Stirn.

Hanna seufzte leise. „Jetzt kannst du wieder gute Laune haben – wir fahren zu Mary."
Sie hob die Sektflasche in die Luft und versuchte, eine fröhliche Stimmung zu erzeugen.

Wenig später saßen sie im Auto. John fuhr, konzentriert, schweigsam. Hanna hatte den Arm aus dem Fenster gelegt, ließ die warme Frühlingsluft ihre Haut streifen.

„Wo lang jetzt?", fragte John.

Hanna guckte auf ihr Handy. „Nach rechts!", sagte sie – zeigte aber nach links.

John bog nach rechts ab.

„Nein, ich meinte nach links."

„Dann sag das auch."

„Sorry", sagte sie mit einem schiefen Lächeln.

„Du bist echt ein super Navi", murmelte John und grinste leicht.

Die Spannung zwischen ihnen schmolz für einen Moment dahin.

Die Sonne stand bereits tief am Himmel, als das Auto langsam in ein altes Industriegebiet einbog. Der Asphalt war rissig, manche Straßenlaternen rosteten in ihrer Einsamkeit vor sich hin. Die einst stattlichen Fabrikhallen wirkten wie verlassene Riesen – hohl, kalt, vergessen.

„Hier sollen wir richtig sein?", fragte John skeptisch und ließ seinen Blick durch die leere Szenerie gleiten.

Hanna sah kurz auf ihr Handy, runzelte die Stirn. „Hier ist das Ziel", sagte sie, aber ihre Stimme klang nicht mehr so sicher wie zuvor.

„Das kann doch nicht sein", murmelte John, während er das Auto anhielt.

„Diesen Standort hat sie mir vorhin geschickt."

Sie stiegen aus. Die Geräusche ihrer Schritte hallten zwischen den Betonfassaden wider.

Eine unnatürliche Stille legte sich über die Szenerie – als würde die Luft selbst den Atem anhalten.

„Ruf sie mal an", schlug John vor.

Hanna kramte in ihrer Jackentasche, suchte nach Marys Kontakt und wählte. Das Display zeigte: „Wird angerufen…" – doch niemand nahm ab.

„Ich komme nicht durch", flüsterte sie nach einigen Sekunden.

„Dann schreib ihr", sagte John.

Sie tippte schnell eine Nachricht, hielt das Handy in der Hand. Sekunden später vibrierte es.

Mary war online.
Eine Nachricht erschien:

„Das ist die richtige Adresse."

Hanna zeigte John das Display. „Sie schreibt, das ist richtig."

Doch in diesem Moment erlosch der Bildschirm. Das Handy war tot.

„Scheiße", sagte Hanna.

„Was ist los?"

„Akku leer."

John griff an seine Hosentasche. Nichts. Dann verdrehte er genervt die Augen.

„Fuck… ich hab mein Handy auf dem Bett liegen lassen."

„Na toll! Und was machen wir jetzt?"

„Wir sehen uns mal um. Vielleicht ist sie ja schon hier irgendwo und hat Empfangsprobleme."

Die beiden gingen tiefer in das verlassene Gelände. Große, zerbrochene Fenster spiegelten die untergehende Sonne.

Schatten tanzten über rostige Tore und versperrte Einfahrten.
Hanna klammerte sich an Johns Arm. Ihre Schritte wurden zögerlicher.

„Irgendwas stimmt hier nicht. Schatz…"

John versuchte zu lachen. „Ach, sie verarscht uns bestimmt. Will uns nur einen Streich spielen."

Doch seine Stimme klang nicht überzeugt. Er wollte es glauben – aber sein Körper war angespannt. Und Hannas Griff wurde fester.

Dann, plötzlich, sahen sie sie.

Mary.

Sie saß – oder besser: hing – an einen alten Holzstuhl gefesselt. Zwischen zwei der verlassenen Fabrikgebäude. Kein Dach, keine Wände – einfach mitten im Freien, als hätte man sie zur Schau gestellt.

John rannte los, Hanna direkt hinter ihm. Sein Herz raste. Mit jedem Schritt wurde das Bild klarer – und grausamer.

Er kniete sich vor Mary, wollte ihr ins Gesicht sehen. Ihre Haare klebten an den Wangen. Ihre Haltung war schlaff. Blut klebte an ihrem Kinn. Als er sie berührte, kippte sie ihm entgegen.

Ihr Mund öffnete sich langsam – und ein dunkler Schwall Blut lief auf Johns Gesicht.

Er schrie. Panisch. Stieß sie von sich. Hanna schrie ebenfalls, ihre Stimme bebte vor Entsetzen.

„Wer… wer hat ihr das bloß angetan?", rief Hanna unter Tränen.

John stand zitternd auf, wischte sich das Blut aus dem Gesicht, keuchte, sein Herz hämmerte gegen seine Brust.

Er sah zu Hanna, ging auf sie zu.

„Hör mir zu", sagte er ernst.

Sie schüttelte nur den Kopf, weinte.

„Schatz, wir gehen jetzt zurück zum Auto. Wir verschwinden von hier, sofort."

„Aber… Mary…"

„Ich weiß. Es ist schrecklich. Aber wir können ihr jetzt nicht helfen. Wir müssen uns selbst retten."

„Wir können sie doch nicht einfach so dalassen! Mach wenigstens die Fesseln ab…"

John nickte, ging zurück, beugte sich über Mary und begann, an ihren Seilen zu zerren.

Doch dann hielt er inne.

Keine Atmung.

Kein Puls.

Nichts.

Mary war tot.

Und dann – ein Geräusch.

Das Auto.

Motorengeräusch.

Reifen quietschen.

Das Auto – ihr Auto – rollte davon.

„Scheiße!", rief Hanna, ihre Stimme überschlug sich vor Panik.

John rannte los, stolperte beinahe.

„Fuck!" Er beugte sich nach vorn, stützte sich auf die Knie, während das Auto in der Ferne verschwand.

„Ich kann das gerade alles nicht glauben. Ich will nach Hause!", schluchzte Hanna, ihre Stimme zerbrach.

John packte sie vorsichtig an den Schultern. „Wir suchen das nächste Haus, dann rufen wir die Polizei."

„Ich hab solche Angst", flüsterte sie kaum hörbar.

Kapitel 3: Die Flucht

Die untergehende Sonne warf lange Schatten über das verlassene Gelände, als Hanna und John das Industriegebiet verließen.
Ihre Schritte waren schwer, ihre Körper zitterten, innerlich wie äußerlich.

Das Bild von Mary, regungslos gefesselt an diesem Stuhl, hatte sich tief in ihr Gedächtnis eingebrannt.

Sie liefen schweigend, jeder gefangen in seinen eigenen Gedanken. Die Stille zwischen ihnen war diesmal nicht angenehm – sie war gefüllt mit Angst, Verwirrung, Adrenalin.

Nach einer Weile kamen sie an ein altes, kleines Örtchen.

Es wirkte ausgestorben.

Verblasste Fassaden, geschlossene Fensterläden, keine Menschenseele weit und breit.

Doch dann – Johns Blick erstarrte.

„Mein Auto", sagte er plötzlich und zeigte auf einen kleinen Hof.

Er rannte los. Das Fahrzeug stand still, unversehrt – aber abgeschlossen. Er rüttelte an der Tür. Nichts.

„Mach das Auto auf!", rief Hanna.

„Geht nicht… der Schlüssel steckt nicht mehr."

John sah nach oben, sein Gesicht verzog sich vor Frust.

Dann – eine Stimme.

„Was ist denn mit euch passiert?"

Eine Frau stand in der Haustür gegenüber. Ihr Blick fiel auf John, dessen Gesicht immer noch mit getrocknetem Blut verschmiert war. Sie war vielleicht Ende zwanzig.

Auffällig war der Kittel, den sie gerade hastig auszog. Er war blutverschmiert. Doch sie bewegte sich schnell, als wolle sie den Anblick verbergen, bevor er überhaupt real werden konnte.

„Können wir bitte Ihr Telefon benutzen? Wir müssen die Polizei rufen", sagte John.

Die Frau nickte, als sei das selbstverständlich.

„Kommt erst mal rein."

Sie wirkte freundlich, fast zu freundlich. Hanna und John sahen sich kurz an, zögerten – doch dann gingen sie zur Tür und traten ein.

Das Haus war klein, dunkel und roch leicht muffig. Die Möbel wirkten alt, aber gepflegt.

An den Wänden hingen Familienbilder. John blieb kurz stehen, betrachtete einen der Rahmen.

Ein Foto zeigte die Frau, die sie reinließ, Nancy. Eine ältere, ernst dreinblickende Frau und einen jungen Mann. Johns Magen zog sich zusammen. Kevin. Es bestand kein Zweifel. Sein Gesicht war kaum gealtert – dieses seltsame, intensive Lächeln, das ihm nie geheuer war.

Jetzt war es plötzlich wieder da. Nur in einem Rahmen.

Hannas Schritte näherten sich. Sie trat hinter ihn. „Schatz?"

John drehte sich um. Hinter Hanna stand plötzlich Nancy.

Dann ging alles schnell.

Nancy hob eine Pfanne – und schlug zu.

Hanna schrie auf, sackte zusammen. John riss Nancy die Pfanne aus der Hand und stieß sie gegen das Sofa.

Sie taumelte, fiel, doch plötzlich – ein Seil schlang sich um Johns Beine. Er fiel rückwärts. Zwei kräftige Hände zogen ihn brutal zu Boden.

John schrie, versuchte sich an der Tür festzuhalten, aber er hatte keine Chance.

Er wurde weggezogen.

Hinter die Tür.

24

Kapitel 4: Das Überleben

Dunkelheit. Ein Summen. Ein leichtes Flackern.

John blinzelte. Seine Lider waren schwer wie Blei, seine Sicht verschwommen. Ein flackerndes Kellerlicht surrte über ihm. Kalte Luft strich über seine Haut. Etwas drückte an seine Brust. Er konnte sich nicht bewegen.

Er versuchte aufzustehen – doch seine Glieder gehorchten ihm nicht. Erst als er den Kopf senkte, erkannte er: Arme und Beine waren festgebunden. An einen Holzstuhl. Die Seile schnitten in seine Haut.

Der Raum war nackt. Kahl. Die Wände roh und feucht. Ein einzelner rostiger Heizkörper. Staub wirbelte durch das schummrige Licht.

„Was… was ist hier los?", flüsterte er heiser.

Ein Lachen.

Langsam, kalt, wie aus einem Albtraum.

Aus der Dunkelheit trat eine Gestalt. Jeans, schwarzes Shirt. Messer in der Hand.

Kevin.

„Gute Frage", sagte er, als hätte er auf diesen Moment lange gewartet.

John versuchte, sich aufzubäumen, doch die Fesseln hielten ihn fest.

„Wo ist Hanna?"

Kevins Blick wurde ruhig. Zu ruhig.

„Um die brauchst du dir keine Sorgen mehr zu machen. Ich kümmere mich gleich um sie."

„Du Schwein! Was hast du mit ihr gemacht? Wehe du tust ihr irgendetwas an!"

„Da bekomme ich aber Angst", sagte Kevin gespielt gekränkt und trat näher.

John spannte seine Muskeln an, voller Wut und Verzweiflung. „Wenn du ihr nur ein Haar krümmst… mach ich dich fertig!"

Kevin grinste.

Dann drehte er das Messer langsam in seiner Hand. „Ihr habt es mir übrigens sehr leicht gemacht. Musste euch gar nicht erst holen. Ihr seid direkt zu mir gekommen. Aber Mary… die zu finden war komplizierter."

„Kevin… warum? Warum tust du das?", fragte John.

Kevins Augen verengten sich.

„Warum? Du fragst ernsthaft warum? Ich hab dir gesagt, wie toll ich dich finde. Ich hab dir vertraut. Und du? Du hast meine Nachrichten ignoriert. Mich weggedrückt. Als wär ich nichts."

„Ich habe eine Freundin! Ich habe keine Gefühle für dich! Das musst du akzeptieren!"

Kevins Miene entgleiste. Ohne Vorwarnung rammte er John das Messer ins Bein.

John schrie auf. Der Schmerz explodierte und zog sich bis in den Rücken.

Kevin zog das Messer langsam wieder heraus. Blut spritzte. John rang nach Luft, keuchte, sein Körper zitterte unkontrolliert.

„Akzeptieren? Nein… das kann ich nicht."

Johns Sicht verschwamm vor Schmerz. Seine Gedanken flackerten, seine Kehle war wie zugeschnürt.

„Ich hab's in deinen Augen gesehen. Nach dem Sportunterricht, in der Umkleide. Du wolltest mich küssen."

„Nein!", rief John. „Ich wollte das nicht! Ich will nur Hanna küssen. Niemand sonst."

Kevin kniete sich zu ihm. Seine Stimme wurde flüsternd.

„Du brauchst Hanna nicht. Du brauchst nur mich."

„Doch! Ich liebe sie!"

Kevin hob das Messer, hielt es John direkt vors Gesicht.

„Nein, das tust du nicht."

„Doch. Mehr als jeden anderen."

Sie starrten sich an. Sekundenlang. Zwei Realitäten, zwei Wahrheiten, zwei Welten, die nie dieselbe Sprache sprechen würden.

Kevin stand auf. „Warte ab", sagte er nur. Dann nahm er ein Klebeband vom Boden, riss ein Stück ab und klebte es John über den Mund.

„Schlaf schön, Johnny."

Er ging zur Kellertür. Öffnete sie. Bevor er sie schloss, warf er noch einen letzten Blick zurück. Dann fiel die Tür mit einem dumpfen Klick ins Schloss.

John war allein.

Sein Körper zitterte. Schweiß und Blut mischten sich auf seiner Haut. Seine Gedanken rasten. Er versuchte, durch das Tape zu schreien. Doch es kam nur ein erstickter Laut. Er riss an den Fesseln, wippte mit dem Stuhl, immer heftiger – bis er zur Seite kippte.

Der Aufprall auf den Betonboden war brutal. Seine Schulter krachte gegen den Boden. Aber er lebte.

Dann sah er etwas. Unter einem Regal: ein verrosteter Schraubenschlüssel. Zentimeter entfernt. Nur ein paar… Zentimeter…

John streckte sich, zitterte. Seine Fingerspitzen berührten den kalten Stahl.

Noch etwas… weiter… Knack.

Ein Nagel riss ab. Der Schmerz war durchdringend. Doch er hatte den Schlüssel.

Und er gab nicht auf.

Hanna kam langsam zu sich. Ihre Glieder fühlten sich taub an. Der Boden war kalt, hart. Ihre Wangen klebten an etwas Feuchtem – Blut? Tränen? Ihr Kopf pochte, als würde jemand von innen mit einem Hammer gegen ihren Schädel schlagen.

Sie wollte sich bewegen – doch ihre Arme waren hinter ihrem Rücken gefesselt. Ihre Beine ebenfalls. Ihr Mund war mit Klebeband versiegelt.

Panik.

Sie riss die Augen auf. Dunkelheit. Nur ein einzelner Lichtstrahl fiel durch ein kleines Kellerfenster. Die Wände waren karg, feucht. Es roch nach Schimmel, Eisen… und etwas anderem. Etwas, das sie nicht einordnen konnte. Etwas Abstoßendes.

Dann hörte sie Schritte.

Langsam. Ruhig. Fast gelassen.

Kevin trat aus dem Schatten, ein Messer in der einen
Hand, in der anderen eine kleine schwarze Farbe –
wie aus einem Schminkkasten.

„Na endlich wach", sagte er ruhig. Er lächelte, aber es
war kein freundliches Lächeln. Es war das Lächeln
eines Kindes, das ein Insekt unter dem Glas
beobachtet.

Hanna zitterte. Ihre Augen flehten.

„Spar dir das", murmelte er. „Ich will nur ein bisschen
kreativ sein."

Er ging auf sie zu, kniete sich neben sie und begann
mit schwarzem Stift Linien auf ihren Körper zu malen
– auf ihre Arme, ihre Wangen, ihre Stirn. Hanna
versuchte zu schreien, aber nur gedämpfte Laute
drangen durch das Tape. Tränen liefen ihr über das
Gesicht.

„Hör auf!", schrie Kevin plötzlich. „Halt deine scheiß
Schnauze!" Dann schlug er zu – eine heftige Ohrfeige,
die sie zurück in den Boden drückte.

Er beugte sich vor, sein Gesicht nah an ihrem.

„Du wirst bald kein schönes Gesicht mehr haben…",
flüsterte er und fuhr mit der Messerspitze langsam
über ihre Wange. Es war keine Wunde – noch nicht.
Nur ein kalter Hauch Metall.

Hanna schluchzte. Ihre Schultern zitterten unkontrolliert.

Im Nebenraum, wenige Meter entfernt, kämpfte John weiter gegen seine Fesseln. Schweiß rann ihm von der Stirn, seine Finger waren blutig, aber der Schraubenschlüssel hatte das erste Seil durchtrennt. „Komm schon…", keuchte er durch das Tape. Mit einem Ruck fiel das Seil von seinem rechten Handgelenk. Er zog sich auf den Bauch, griff nach dem Klebeband und riss es sich schmerzhaft vom Mund. Blut floss von seiner Lippe. Aber er atmete. Er lebte. Und er hörte sie. Hannas Schreie.

Sein Herz raste. Er blickte sich um. In der Ecke – eine Axt, verrostet, schwer. Er griff danach, seine Beine zitterten vor Schmerz. Seine Wunde am Bein pochte, aber es hielt ihn nicht auf. Er humpelte zur Tür, öffnete sie leise. Dann sah er es. Kevin – über Hanna gebeugt, das Messer in der Hand. Hannas Gesicht blutete bereits. Ihre Augen waren leer vor Angst. Kevin drehte sich gerade um.

ZACK.

John rammte ihm die Axt ins Gesicht.

Die Axt war stumpf. Sie zerschnitt nichts, sie bohrte sich nicht tief – aber die Wucht war heftig. Kevins Gesicht wurde zur Seite gerissen, die Haut platzte auf, Blut spritzte in dicken Tropfen. Kevin taumelte, das Messer glitt ihm aus der Hand.

Er schrie kurz auf, dann fiel er zu Boden. Bewusstlos oder tot – John wusste es nicht.
Nur, dass es jetzt auf Hanna ankam.

John riss das Tape von Hannas Mund. Sie kreischte, schluchzte, klammerte sich an ihn. „Es wird alles wieder gut", flüsterte er. „Ich bin da."

Aber nichts war gut.

Noch nicht.

Abseits vom Keller. In der Küche.
Nancy summte. Leise. Fröhlich. Fast melodisch. Sie stand in ihrer altmodischen Küche, das Licht war schwach, die Tapeten vergilbt. Auf dem Tisch lagen verschiedene Werkzeuge nebeneinander aufgereiht – chirurgische Messer, ein Skalpell, eine Kreissäge. Daneben eine Bratpfanne, in der sich bereits ein dünner Film Öl leicht kräuselte. In der Mitte des Raumes: Molly.

Ein junges Mädchen, kaum achtzehn. Ihre Augen waren rot vor Angst, ihr Körper zitterte. Sie war an einen Stuhl gefesselt, ihre Beine blutig, ihr rechter Oberschenkel bereits verbunden – notdürftig, mit Mull und groben Fäden. „Lass mich gehen… bitte!", wimmerte sie. „Ich hab dir doch gar nichts getan…"

Nancy drehte sich langsam zu ihr um. Ihre Miene wirkte freundlich, ihre Bewegungen sanft – als wäre sie Gastgeberin bei einer Teeparty.

„Nachdem ich hier mit dir fertig bin, wirst du nicht mehr gehen können", sagte sie mit einem schiefen Lächeln.

„Nein… bitte nicht…"

„Bitte doch", kicherte Nancy. „Flehen ist mein Lieblingsgericht."

Sie trat näher, beugte sich zu Molly hinunter – und riss ihr mit den Fingernägeln ein kleines Stück Fleisch aus dem Bein.

Molly schrie auf.

Nancy führte das blutige Stück zu ihrem Mund, biss hinein – kaute genüsslich.

Ihre Lippen glänzten rot, das Blut tropfte auf ihren Kittel.
Sie schloss die Augen.

„Frisch schmeckt's einfach am besten…"

Molly weinte. Schluchzte. „Ich habe meinen ersten Freund… ich war auf dem Weg zu ihm… Ich… ich kann mich kaum erinnern, wie ich hierherkam…"

Nancy trat zurück, zog einen Stuhl heran, setzte sich direkt vor sie.

„Ich mich schon", sagte sie mit einem singenden Unterton.

Rückblende

Molly lief durch den Park, Kopfhörer in den Ohren. Sonne. Gute Laune. Sie sah es – ein Eis. Einfach so auf einer Bank abgelegt.
Die Waffel sah unberührt aus, oben schimmerte das Vanilleweiß verlockend in der Sonne. Sie näherte sich langsam, lächelte. Nancy stand hinter einem Baum. Beobachtete. Wartete. Als Molly sich vorbeugte, spürte sie plötzlich ein Tuch über Mund und Nase – es roch süßlich, chemisch… dann wurde alles schwarz.

Zurück in der Küche.

Molly schnappte nach Luft, ihr ganzer Körper bebte. „Bitte… ich sag niemandem was… ich schwöre!"

„Glaubst du das wirklich?", sagte Nancy mit einem erschreckend ruhigen Blick. „Wie dumm hältst du mich?"

Molly wollte schreien, doch ihre Stimme war nur noch ein Krächzen.

„Wenn du nicht still bist, verspreche ich dir: ich lasse dich ganz langsam sterben."

Nancy trat näher, leckte mit ihrer blutverschmierten Zunge über Mollys Wange.

Molly schrie.
Nancy griff zur Kreissäge.

Dann – ein Klacken. Strom an.

Die Säge kreischte auf.

Nancy hob sie in Richtung Molly – doch stoppte.

Dampf stieg aus der Pfanne.

Sie lächelte und schaltete die Säge ab.

Stattdessen warf sie ein kleines Stück
Menschenfleisch von Molly in die Pfanne.

Es zischte.

Molly wimmerte im Hintergrund.

Nancy schnüffelte, schloss genießerisch die Augen.

„Herrlich…"

Dann – ein Geräusch. Aus dem Keller.

Nancy hielt inne.

Ihr Blick verfinsterte sich.

Langsam legte sie das Messer zur Seite, nahm sich ein
Küchentuch, wischte sich das Blut aus dem Gesicht –
und ging Richtung Tür.

John stützte Hanna, während sie durch den schmalen
Flur taumelten.

Der Gestank von Blut und kaltem Essen hing in der Luft. Ihre Beine zitterten, doch der Überlebenswille war stärker.

„Komm schon… nur noch ein paar Schritte…", flüsterte John.

Er hielt die Axt noch immer fest in der Hand, obwohl sie schwer war und sein verletztes Bein bei jedem Schritt schmerzte.

Hannas Wange blutete, aber sie hielt durch.

Dann – ein Knarren. Eine Tür öffnete sich. Nancy.

Ihre Kleidung war voll Blut, ihre Haare zu einem lockeren Knoten gebunden. In der Hand: ein Fleischerbeil.

„Ihr wollt also gehen…?", fragte sie mit gespieltem Bedauern. „Ohne euch zu verabschieden?"

John stellte sich schützend vor Hanna. „Lass uns durch."

Nancy trat einen Schritt vor, langsam. „Ihr versteht nicht… das hier ist ein Zuhause. Mein Zuhause. Kevins Zuhause. Unser Zuhause."

„Kevin ist tot!", schrie John.

Nancy lachte. „Du glaubst wirklich, es ist so einfach, ihn zu töten?"

Hanna wimmerte. „Bitte… bitte lassen Sie uns gehen…"

Nancy legte den Kopf schief. „Ihr seid schon längst Teil der Familie. Und Familie… die verlässt man nicht einfach."

Sie holte aus.

John warf sich zur Seite, riss Hanna mit sich. Das Beil krachte in die Wand.

„Lauf, Hanna!", rief er.

Sie rannte, stolperte durch den Flur, öffnete die erste Tür – ein Abstellraum. Zweite Tür – abgeschlossen. Dritte – der Hinterausgang.

Sie riss ihn auf – Tageslicht. Hoffnung.

Doch dann: ein Schatten.

Kevin.

Sein Gesicht war blutverschmiert, die Wunde an der Stirn klaffte offen, aber er stand.

Wie ein Dämon, der aus der Hölle zurückgekehrt war.

Hanna schrie.

Kevin stürmte auf sie zu.

John warf sich dazwischen, traf Kevin mit der stumpfen Axt an der Schulter. Er stöhnte auf, taumelte, doch seine Augen brannten.

Nancy stürmte aus dem Flur. „NEIN!"

John schloss die Tür zwischen ihnen – riegelte sie mit einem Besenstil ab.

Hanna rannte zurück in die Küche. Molly lag noch immer gefesselt, zitternd. Ihre Augen flehten. Hanna befreite sie mit zitternden Fingern.

„Komm, du musst aufstehen – wir schaffen das!"

Gemeinsam schleppten sie sich zurück zum Hof. John stützte Molly, während Hanna das Gartentor aufriss.

Schritte hinter ihnen, Stimmen, Flüche.

Sie erreichten das Auto.

„Der Schlüssel… wir brauchen den Schlüssel!", schrie Hanna.

John sah durchs Fenster – der Schlüssel lag auf dem Sitz.

„Scheibe einschlagen!"

Er nahm einen alten Ziegelstein vom Boden – KRACH – das Glas zerbarst.

Er griff hinein, startete den Wagen. Der Motor sprang an.

John sah im Rückspiegel, wie Kevin auf sie zurannte. Hanna saß schreiend im Beifahrersitz, Molly kauerte auf dem Rücksitz.

John legte den Rückwärtsgang ein – das Auto raste auf Kevin zu und überrollte ihn.

Nancy stürmte schreiend auf das Auto zu, ihre Augen brannten vor Wahnsinn und Hass.

„FICK DICH!", brüllte John – und steuerte direkt auf sie zu.

Dann krachte es.

Auch Nancy wurde vom Auto erfasst.

Sie rasten davon.

Weg vom Haus.

Weg von allem.

Kapitel 5: Das Erwachen

Weiße Wände. Der sterile Geruch von
Desinfektionsmittel. Piepende Monitore. Gedämpfte
Stimmen. John öffnete langsam die Augen. Das
Neonlicht an der Decke blendete ihn. Seine Brust
fühlte sich schwer an, sein Bein brannte. Er erkannte
den Raum erst nach einigen Sekunden: Krankenhaus.

Er drehte den Kopf. Ein Stuhl. Hanna. Sie schlief,
zusammengerollt, ihre Stirn lag auf der Bettkante. Ihre
Wange war mit einem Pflaster bedeckt. Er spürte
Erleichterung – und Schuld zugleich.

„Sie lebt…", flüsterte er heiser.

Dann hörte er es: Schritte. Eine Krankenschwester
kam herein, sah ihn wach.

„Herr Falkner! Sie sind wach – das ist gut. Ich hole
sofort den Arzt."

John wollte sprechen, aber seine Kehle war trocken.
Stattdessen nickte er schwach.

Hanna wachte auf, sprang sofort zu John und umarmte
ihn.

Nur wenige Minuten später standen zwei Beamte an
seinem Bett. Ein Arzt war ebenfalls da, hielt sich im
Hintergrund. Hanna saß an seiner Seite, ihre Hand
umklammerte seine.

„Herr Falkner, mein Name ist Hauptkommissar Biehl.
Das ist meine Kollegin von der Kriminalpolizei.

Wir haben einige Fragen. Aber nur, wenn Sie dazu bereit sind."

John räusperte sich. „Fragen Sie."

Die Ermittler machten sich Notizen, stellten gezielt Fragen – über Nancy, über Kevin, über das Haus. Über Mary. Und über Molly.

„Wo ist Molly?", fragte Hanna plötzlich.

„Sie wird in einem anderen Flügel behandelt. Sie ist stabil, aber schwer traumatisiert", antwortete der Arzt.

„Sie spricht kaum."

Hanna senkte den Kopf. „Sie ist noch ein Kind…"

Dann hielt der Kommissar inne. Er sah John an.

„Eine letzte Frage, Herr Falkner… bevor wir Sie erst mal in Ruhe lassen."

John nickte. „Ja?"

„Sie sagten, Sie hätten Kevin… mit einer Axt…?"

„Ich hab ihn direkt im Gesicht getroffen", antwortete John leise. „Er ist gefallen… wir haben ihn dort gelassen."

Die Kommissarin trat näher.
Ihre Stimme war kühl.

„Am Tatort… wurden zwei Leichen gefunden. Nancy – eindeutig identifizierbar. Die zweite, vermutlich Kevin, stark entstellt. Beide sind überfahren worden."

Stille.

Der Kommissar unterbrach sie. „Es gibt da noch etwas anderes."

Er zog sein Handy aus der Tasche. „Eine Nachricht. Gerade eingegangen. Auf Ihrer privaten Nummer, Herr Falkner."

Er zeigte das Display.

Eine SMS. Ohne Absender.

Nur ein Satz: „Dafür wirst du noch büßen."

John starrte auf den Text.

Ein Zittern durchlief seinen Körper.

Kevin war tot. Nancy war tot.

Aber jemand war noch da draußen. Jemand, der Rache wollte.

Kapitel 6: Die andere Frau

Das Krankenzimmer war hell, fast zu hell. Die weißen Wände wirkten nicht beruhigend, sondern wie eine kalte Erinnerung daran, was Molly gesehen hatte.

Sie saß am Fenster, in ein viel zu großes T-Shirt gehüllt, ihre Arme um die Knie geschlungen.
Seit Tagen hatte sie kaum gesprochen. Die Ärzte sagten, es sei eine Reaktion auf das Trauma. Die Polizei wartete auf ihre Aussage. Doch Molly blieb stumm. Bis jetzt.

Ein Klopfen. Die Tür öffnete sich. Eine junge Polizistin trat ein, freundlich, vorsichtig. „Molly? Darf ich kurz reinkommen?"

Molly nickte kaum sichtbar.

„Ich bin Lara Westhoff. Ich… ich will dir nichts Böses. Ich bin hier, um zu helfen. Niemand wird dich zwingen, irgendwas zu sagen."

Sie setzte sich langsam auf einen Stuhl. Ließ Raum zwischen ihnen. Ließ Zeit.

„Ich weiß, dass du Angst hast. Dass das, was du erlebt hast, mehr ist als Worte sagen können."

Molly senkte den Blick.

„Aber du hast überlebt, Molly. Du bist mutig. Und wir müssen wissen, ob da draußen noch jemand ist…"
Mollys Lippen bewegten sich. Fast unhörbar.
„Sie… hat mich gesehen."

Lara Westhoff beugte sich leicht vor. „Wer hat dich gesehen?"

„Nicht Nancy. Jemand… anderes. Eine Frau. Schwarz gekleidet. Älter als Nancy."

Laras Gesicht versteifte sich leicht.

Sie machte sich eine Notiz. „Weißt du noch, wann du sie gesehen hast?"

„Nach dem Stromausfall. Im Flur. Ganz kurz. Während ich von Nancy gefoltert wurde."

„War sie mit Nancy?"

Molly schüttelte den Kopf.

„Nein… Sie war anders. Ruhiger. Aber… unheimlich."

Lara Westhoff spürte eine Gänsehaut aufsteigen. Ein ungutes Gefühl machte sich in ihr breit.

„Hast du sie schon mal irgendwo davor gesehen?"

Mollys Stimme war kaum hörbar.

„Es gab ein Foto… an der Wand."

„War es zufällig dieses Foto?"

Molly erstarrte.

Es war später Nachmittag.

Hanna öffnete die Wohnungstür. Die Sonne stand tief, warf lange Schatten durch das Fenster auf den Boden. Alles war still.

Zu still.

Seit ihrer Entlassung aus dem Krankenhaus war es das erste Mal, dass sie wieder allein war.

John blieb noch unter Beobachtung, Molly verweigerte erneut das Sprechen – und Hanna versuchte, wieder zu funktionieren.

Sie stellte die Tasche ab, trat in die Küche.

Tee aufsetzen. Musik an. Alltag.

Doch nichts fühlte sich alltäglich an.

Dann – ein Klingeln.

Hanna zuckte zusammen. Es war die Haustürklingel.

Sie hatte niemanden erwartet. Sie ging zum Gegensprecher. „Ja?"

Eine Frauenstimme antwortete. Ruhig. Tief.

„Verzeihen Sie. Ich bin vom Sozialdienst. Ich betreue Opfer von Gewaltverbrechen. Ich wollte nur fragen, ob ich kurz mit Ihnen reden darf."

Hanna zögerte. Die Stimme war seltsam monoton –
aber freundlich.

„Haben Sie einen Ausweis?"

„Natürlich."

Hanna sah durch den Spion. Eine Frau, schwarz
gekleidet. Schwarze Haar, streng zum Dutt gebunden.
Sie trug eine kleine Tasche, in der Hand hielt sie ein
Klemmbrett.

Etwas an ihr ließ Hanna das Herz schneller schlagen.

Aber sie öffnete.

„Nur ein paar Minuten", sagte sie und trat zur Seite.

Die Frau trat ein, sah sich nicht um. Kein Lächeln.
Nur ein höfliches Nicken.

„Danke. Ich weiß, das ist kein einfacher Moment. Ich
möchte nur helfen. Ihre Geschichte wurde uns
weitergeleitet."

„Ich… okay. Kommen Sie in die Küche."

Sie setzte Tee auf, bot der Fremden einen Platz an. Die
Frau lehnte höflich ab.

„Ich bleibe nicht lange."

Hanna setzte sich, die Hände um die Tasse gelegt.

Die Frau musterte sie eine Sekunde lang. Ihre Augen waren grau – kalt, aber nicht leer. Wachsam. Berechnend.

„Darf ich fragen… kannten Sie Nancy oder Kevin persönlich?"

Hanna schüttelte den Kopf. „Nur aus dem, was passiert ist."

Die Frau nickte. Dann zog sie eine kleine Mappe aus ihrer Tasche.

„Ich habe hier ein paar Unterlagen. Vielleicht erkennen Sie jemanden…"

Sie reichte Hanna einige Ausdrucke. Alte Schwarzweißfotos. Familienbilder. Ein Bauernhof. Eine junge Frau – Nancy, deutlich jünger. Daneben ein kleiner Junge. Und eine Frau im Hintergrund. Kaum zu erkennen, verschwommen.

Hanna blätterte langsam. Dann hielt sie inne.

Eines der Bilder zeigte das Wohnzimmer. Die Wand. Die Fotos.

„Woher… haben Sie das?", fragte Hanna leise.

Die Frau antwortete nicht sofort. Ihre Lippen verzogen sich zu einem Hauch von Lächeln.

„Ich weiß mehr, als Sie denken."

Hanna sah auf.

Ihre Hände zitterten leicht.

„Wer… sind Sie wirklich?"

Die Frau trat einen Schritt näher.

„Ich bin jemand, der sehr viel verloren hat."

Dann griff sie langsam nach ihrer Tasche.

Hanna wich zurück. Ihre Atmung beschleunigte sich.

Doch die Frau zog nur eine Karte hervor. Legte sie auf den Tisch.

„Wenn Sie bereit sind, über alles zu reden… rufen Sie mich an."

Sie drehte sich um, ging zur Tür.

Bevor sie sie öffnete, sagte sie:
„Sie wissen gar nicht, wem Sie wehgetan haben."

Dann war sie weg.

Hanna stand da, erstarrt.

Die Karte auf dem Tisch. Kein Name. Keine Telefonnummer.

Nur ein Satz. „Du kennst die Wahrheit nicht."

John lag wach. Das Neonlicht über ihm war längst ausgeschaltet, aber der Schlaf wollte ihn nicht finden.

Die weißen Wände des Krankenzimmers wirkten wie Spiegel seiner Gedanken – leer, grell, schmerzhaft. In seinem Kopf liefen Bilder ab wie ein nicht enden wollender Film: Marys blutüberströmtes Gesicht. Hannas Schreie. Kevins Blick, als er das Messer hob. Und dieser letzte Moment, als Nancy schrie.

Er schloss die Augen.

„Dafür wirst du noch büßen."

Die Nachricht. Er hatte sie in seinen Gedanken hundertmal gelesen. Kein Name. Kein Absender. Kein Zweifel, dass sie ernst gemeint war.

Und das war das Schlimmste: das Nichtwissen.

Zur selben Zeit – bei Molly

Molly saß aufrecht im Bett. Ihr Blick war leer, aber starr auf die Wand gerichtet. Als die Polizistin Lara Westhoff das Zimmer verlassen hatte, war ihr das Foto aus der Aktentasche gefallen – unbemerkt.

Molly hatte es aufgehoben.

Jetzt lag es in ihrer Hand. Schwarz-weiß. Alt. Es zeigte Nancy, jung, daneben Kevin als kleiner Junge. Und hinter ihnen – eine Frau, schwarz gekleidet, streng, mit eingefallenen Wangen.

Ihre Augen stachen trotz der Unschärfe heraus.

Kalt. Wach. Unvergesslich.

Molly kannte dieses Gesicht.

Flashback – vor Mollys Entführung

Ein Schulausflug. Frühling.

Molly stand an einem Eisstand.

Eine Frau mit grauem Dutt und schwarzer Kleidung saß auf der Parkbank daneben.

Sie hatte sie angelächelt – mit einem Lächeln, das nicht zu ihren Augen passte.

„Du bist hübsch", hatte sie gesagt.

Molly hatte das Kompliment nicht erwidert.

„Und sehr allein", hatte die Frau ergänzt. „Ich erkenne so etwas."

Molly hatte weggesehen, das Eis genommen, sich umgedreht.

Doch als sie ein paar Schritte gegangen war, hörte sie ein Rascheln.

Drehte sich um. Die Bank war leer.

Zurück in der Gegenwart

Molly atmete stoßweise. Ihre Finger umklammerten das Foto.

Dann stand sie auf. Barfuß. Zittrig.
Sie ging zur Tür. Trat hinaus. Suchte. Schritt für Schritt.

Flur. Station. Zimmer 24.

Sie klopfte.

John drehte den Kopf. Die Tür ging auf. Und da stand sie.

„Molly?"

Sie trat ein. Wortlos. Und reichte ihm das Foto.

„Wer ist das?", fragte John.

Molly antwortete leise.

„Ich glaube… die war bei Nancy. Sie war… schlimmer als sie."

Johns Magen krampfte sich zusammen.

Er erkannte sie – die Frau vom Foto mit Kevin und Nancy. In dem Haus hatte er sie auf mehreren Bildern gesehen.

Kapitel 7: Die Wahrheit im Bild

John saß am kleinen Tisch seines Krankenzimmers, das Foto lag zwischen ihnen. Neben ihm: Hanna. Beide starrten es an, als könnte es anfangen zu sprechen.

„Ist sie das?", fragte John leise. „Die Frau, die dich besucht hat. Die mit dem Klemmbrett?"

Hanna nickte langsam. Ihre Hände lagen auf dem Tisch, angespannt, die Fingernägel in die Haut gedrückt.

„Ich wusste, da war was komisch an ihr… diese Kälte. Dieses… Wissen."

„Und jetzt wissen wir, dass sie kein Zufall war."

John griff nach dem Foto. Seine Finger zitterten leicht. Er sah auf Kevins Kindergesicht – so unschuldig. Daneben Nancy, jung, fast warm. Und dann diese Frau.

Sie war das Gegenteil von den anderen. Dunkel, steif, und doch der Mittelpunkt des Bildes.

„Was, wenn sie die war, die alles begonnen hat?", flüsterte Hanna.

„Was, wenn Kevin und Nancy… selbst Opfer waren?"

John schüttelte den Kopf. „Nicht nur Opfer. Aber auch nicht allein verantwortlich."
„Wie finden wir heraus, wer sie ist?"

„Wenn das wirklich Kevins und Nancys Mutter ist…
dann muss sie irgendwo registriert sein.
Krankenakten, Geburtsurkunden, irgendwas."

„Ich kenne da jemanden bei der Polizei…", flüsterte
Molly.

Später im Polizeipräsidium

Ein leerer Raum. Akten lagen auf dem Tisch.

Hanna hatte von Molly den Namen der Polizistin
bekommen: Lara Westhoff.

Sie schilderte ihr alles – wie sich die Frau auf dem
Foto als Sozialarbeiterin ausgegeben hatte und in ihre
Wohnung wollte.

Westhoff hörte aufmerksam zu und machte sich
Notizen.

Danach blätterte sie konzentriert durch die
Unterlagen.

„Das Bild", sagte sie schließlich. „Es war tatsächlich
Teil eines Beweisstücks – allerdings wurde es bisher
nicht zugeordnet."

Sie schob einen Ausdruck rüber.

Name: Rachel Wegener Geburtsjahr: 1979
Status: unbekannt
Letzte bekannte Adresse: geschlossen – seit 2003

„Rachel…", wiederholte Hanna flüsternd.

Hanna starrte auf den Ausdruck. „Also war sie wirklich ihre Mutter."

„Nicht nur das", sagte Lara Westhoff ruhig.

„Sie wurde 2001 wegen psychischer Instabilität mehrfach gemeldet. Kinderwohlgefährdung.
Die Akte ist unvollständig – Teile wurden offenbar entfernt."

„Von wem?"

„Keine Ahnung. Aber jemand wollte sie verschwinden lassen."

Hanna rief sofort John an und berichtete ihm alles.

Kapitel 8: Der Abschied

Hanna war zurück in der Wohnung.

Die Luft war schwer. Als sie hereinkam, spürte Hanna sofort, dass etwas nicht stimmte. Das Fenster war angekippt – sie war sich sicher, es geschlossen zu haben.

Auf dem Küchentisch lag ein Blatt Papier.

Kein Umschlag. Nur ein einziger Satz.

„Ich bin noch hier."

Der Zettel lag auf dem Küchentisch. Hanna war gerade erst von einem Spaziergang zurückgekehrt, als sie ihn entdeckte.

„Ich bin noch hier."

Er war nicht da gewesen, als sie gegangen war – da war sie sich sicher. Sie hatte nichts gehört, nichts gesehen.
Doch jemand war in ihrer Abwesenheit in der Wohnung gewesen.

Sie griff sofort zum Telefon und wählte Johns Nummer.

„Hanna?", meldete er sich.

„Sie war hier", flüsterte sie. Ihre Stimme zitterte. „Ich weiß es einfach. Ich hab's gespürt. Ich hab nichts gesehen, aber… dieser Zettel…"

Dann Johns entschlossene Stimme:

„Ich komme zu dir. Ich lasse mich selbst entlassen.
Ich kann dich jetzt nicht allein lassen."

Wenig später in der Wohnung

John saß auf dem Sofa, eine Tasse Tee in der Hand.
Hanna gegenüber, die Knie angezogen, still.

Die Stimmung zwischen ihnen war angespannt.

„Ich muss dir was sagen", begann John. „Etwas, das
ich dir bisher nicht erzählen konnte."

Hanna hob langsam den Blick.

„Kevin…"

John stockte. „Es war nicht nur das, was er getan hat.
Wir… kannten uns. Früher."

„Ich weiß", sagte Hanna leise. „Du hast es mal
angedeutet."

„Es war mehr. Er war… fasziniert von mir. Schon
damals. Und ich… war verwirrt. Ich hab's nicht
erwidert, aber ich hab's auch nie ganz abgelehnt. Ich
wollte es nicht. Aber ein Teil von mir… hat's nicht
gestoppt."

Hanna sah ihn lange an.

„Bist du schwul, John?", fragte sie plötzlich.

Er schüttelte den Kopf. „Nein. Ich liebe dich. Nur dich. Aber Kevin… hat diese Grenze nie akzeptiert. Er hat mich verfolgt. Und jetzt ist seine Mutter da draußen."

Hanna wandte sich ab, stand auf, ging zum Fenster.

„Es ist alles zu viel, John. Ich… ich hab das Gefühl, ich kenne dich gar nicht mehr."

„Hanna… bitte."

Sie sah ihn an. Tränen in den Augen.

„Ich brauche Zeit. Ich muss nachdenken. Ich hab Angst, John. Angst, dass du mir nicht die Wahrheit sagst. Und… Angst, dass ich dir nicht mehr trauen kann."

Am nächsten Morgen.

Hanna hatte die Nacht nicht geschlafen. Sie packte eine Tasche, schrieb John einen Zettel:

„Ich liebe dich, aber ich brauche Abstand. Bitte versteh das."

Dann verließ sie die Wohnung.

John kam wenige Minuten später aus dem Bad. Sah den Zettel. Seine Hände zitterten. Sein Herz sank.

Tage später wurde Molly offiziell aus der Klinik entlassen. Sie wurde in psychologische Betreuung überführt – ein Rehabilitationszentrum, weit außerhalb der Stadt. Ein sicherer Ort.

Sie redete noch immer wenig. Aber in ihren Augen lag etwas Neues.

Eine Art Entschlossenheit.

John verfiel einer Depression. Er hatte keine Stütze mehr. Hanna hatte sich nicht mehr bei ihm gemeldet.

Er schaffte es geradeso, sich einen Kaffee zu machen, als das Handy vibrierte.

Unbekannte Nummer. Er nahm ab.

„Herr Falkner? Hier spricht Hauptkommissar Biehl. Ich… ich muss Ihnen etwas mitteilen."

Schon bei ihrem Ton wusste er: Es war schlimm.

„Hanna wurde heute früh tot in ihrer Wohnung aufgefunden."

John ließ die Tasse fallen.

Der Aufprall, das Splittern, das Heißgetränk auf seinem Bein – er spürte nichts.

„Was?" Seine Stimme war kaum hörbar.

„Die Wohnung war nicht aufgebrochen. Sie wurde gezielt getötet. Es… sieht nach einem gezielten Mord aus. Wir haben auch eine Vermutung."

Rachel.

Der Name wurde nicht ausgesprochen, aber er hallte in Johns Kopf wider wie ein Echo.

Wenige Tage später.

Die Beerdigung war klein. Still. John stand allein. Die anderen Gäste – Freunde, Familie – hielten Abstand. Man wusste, was passiert war. Oder glaubte es zu wissen.

Nach der Zeremonie nahm ihn ein Beamter beiseite.

„Das wurde in Hannas Wohnung gefunden. Ein Brief. An Sie adressiert."

John öffnete ihn mit zitternden Fingern.

„John, ich habe dich geliebt. Und vielleicht tue ich das irgendwo immer noch. Aber ich kann das nicht mehr. Ich kann nicht mit jemandem zusammen sein, der ein Teil von all dem war – auch wenn du nichts dafür kannst. Ich brauche Abstand. Für immer. Bitte respektiere das. Ich will dich nie wieder sehen. Hanna."

John saß lange einfach nur da. Der Brief in der Hand. Sein Herz leer.

Einige Monate vergingen.

Die Welt drehte sich weiter. Die Medien berichteten
nicht mehr. Das Haus, die Leichen, die Schatten – sie
verschwanden aus den Schlagzeilen. Aber nicht aus
Johns Kopf.

Er sprach kaum. Arbeitete nicht. Schlief schlecht.

Bis er sich selbst einwies.

In eine stationäre Therapieeinrichtung.

Abgeschieden.

Ruhig.

Still.

Er war bereit, zu reden und alles zu verarbeiten.

Oder es zumindest zu versuchen.

Kapitel 9: Neue Wege, alter Schatten

Ein halbes Jahr war vergangen.

John hatte die Stadt verlassen. Der Ort, an dem alles passiert war – das Haus, das Krankenhaus, die gemeinsame Wohnung – all das lag nun hinter ihm. Die Polizei hatte ihn gebeten, für seine eigene Sicherheit umzuziehen. Auch wenn offiziell keine Beweise vorlagen, dass es Rachel war und sie noch lebte, glaubte niemand wirklich, dass sie tot war. John war in eine Wohnung am Stadtrand gezogen. Ein unscheinbares Gebäude mit Blick ins Grüne. Niemand kannte ihn hier. Niemand sprach ihn an. Und genau das wollte er.

Doch der Schatten saß immer noch tief. Nach langem Zögern hatte er sich entschieden, Hilfe zu suchen.

Und heute war seine erste Sitzung.

Er saß auf einer Couch, die Hände auf den Oberschenkeln. Der Raum war freundlich eingerichtet – helle Farben, Pflanzen am Fenster, ein Bücherregal mit Fachliteratur. Nichts erinnerte an sterile Kliniken.

Die Tür öffnete sich. Eine Frau trat ein. Anfang fünfzig, ruhige Ausstrahlung, dunkle Kleidung, aber freundliche Augen.

„Herr Falkner? Ich bin Dr. Kira Lenz. Willkommen."

John nickte nur. Er stand nicht auf. Sie setzte sich ihm gegenüber. Kein Schreibtisch zwischen ihnen. Nur ein kleiner Couchtisch mit einer Karaffe Wasser.

„Ich weiß, das ist Ihre erste Sitzung. Ich werde Sie zu nichts zwingen. Sie dürfen einfach da sein."

John blickte aus dem Fenster. Dann auf ihre Hände. Sie trug keinen Schmuck. Keine Uhr.

„Ich bin nicht sicher, ob ich bereit bin", sagte er schließlich.

„Das müssen Sie auch nicht sein", antwortete sie ruhig.

„Aber ich bin bereit, Ihnen zuzuhören."

Eine lange Pause.

Dann:

„Alle, die ich liebe, sterben", flüsterte John.

Dr. Lenz sagte nichts. Sie machte keine Notizen. Sie ließ ihn reden.

„Und manchmal frage ich mich, ob ich sie nicht alle mit ins Verderben gezogen habe."

Wieder Stille. Dann:
„Was macht Sie glauben, dass es Ihre Schuld war?"

John sah sie an. Tränen in den Augen, die er nicht mehr zurückhalten konnte.

„Was macht Sie glauben, dass es Ihre Schuld war?"

Diese Frage hatte sich in Johns Kopf eingebrannt,
auch Tage nach der ersten Sitzung.
Dr. Kira Lenz hatte sie ruhig gestellt, fast beiläufig –
und doch hatte sie etwas geöffnet. Etwas, das lange in
ihm geschlummert hatte.

Er war wieder da. Zweite Sitzung. Dass er zurückkam,
hatte sie mit einem leichten Nicken begrüßt, aber ohne
große Worte.

Heute schwieg sie zunächst. Sie ließ ihm Raum.

John starrte auf seine Hände.

„Ich träume von Hanna. Aber nicht so, wie sie war…
sondern, wie ich sie gefunden habe. Kalt. Blass. Still."

Er presste die Lippen zusammen.
Sein Atem zitterte.

„Und manchmal… seh ich sie mit Kevins Augen. Als
wäre ich er."

Dr. Lenz beugte sich leicht vor. „Was fühlen Sie in
diesem Moment?"

„Widerstand. Ekel. Aber auch… Schuld. Weil ich
Kevin kannte. Weil ich ihn nicht gestoppt habe, als es
noch ging."

„Was hätten Sie damals gebraucht?"

John sah sie an. „Jemanden, der mir geglaubt hätte."

Später an diesem Abend saß John zu Hause.

Kein Fernseher, keine Musik.

Nur ein altes Fotoalbum. Er blätterte langsam, fast andächtig.

Dann hielt er inne.

Ein Klassenfoto. Zehnte Klasse. Dort war Kevin – klein, unscheinbar. Und hinter ihm: eine Frau.

John starrte auf das Bild.

Er konnte nicht erkennen, ob es Rachel war.

Seine Gedanken rasten. War sie früher da? Hatte er sie übersehen? Oder war es eine andere Bezugsperson?

Er nahm das Bild heraus. Rückseite: „Frühjahrsausflug – Betreuerin: F. R."

Er rief Lara Westhoff an. „Können Sie mir helfen, jemanden zu identifizieren? Ich habe ein Foto… aus der Schulzeit…"

„Schicken Sie es mir. Ich sehe, was ich tun kann."

Als er auflegte, fühlte sich etwas in ihm seltsam leer an – aber auch leichter.

Er hatte angefangen, zu suchen. Und das bedeutete, dass er endlich bereit war, Antworten zuzulassen.

Es war ein kühler Morgen.

John saß in seinem neuen Zuhause auf der Couch,
eine Decke über die Beine gelegt, der Blick leer auf
die Wand gerichtet. Die Stille war fast erdrückend.

Hanna war tot. Rachel war noch immer frei. Und das
Leben? Es ging weiter – irgendwie. Aber John fühlte
sich wie ein blasser Schatten seiner selbst.

Seit Wochen sprach er mit niemandem außer Dr. Lenz.
Kein Kontakt zur Außenwelt. Keine Nachrichten.
Kein Internet. Nur seine Gedanken.
Und die wurden lauter.

Er dachte oft an Kevin. Nicht nur an das, was passiert
war – sondern an das Davor. An die frühen Momente,
als Kevins Blick ihn getroffen hatte. Direkt.
Durchdringend. Irritierend.

Damals hatte er es verdrängt. Ignoriert. Gelacht. So
getan, als sei es nur jugendlicher Unsinn.
Aber jetzt… fragte er sich:

Was, wenn da mehr war? Nicht von Kevin. Von ihm
selbst.

John fuhr sich durch die Haare, stand auf, ging zur
kleinen Küche, schüttete sich Wasser ins Glas. Doch
seine Gedanken liefen weiter.
Gab es in ihm ein Gefühl, das er all die Jahre nicht
zugelassen hatte? War Kevin nur ein Auslöser für
etwas, das viel tiefer in ihm lag?

Die nächste Sitzung mit Dr. Lenz fand statt.

„Ich glaube… ich habe mich mein Leben lang vor mir selbst versteckt", sagte John ruhig.

„Wie meinen Sie das?", fragte Dr. Lenz sanft.

„Ich habe mich immer als hetero gesehen. Ich war mit Frauen zusammen. Ich war glücklich… dachte ich zumindest. Aber seit Kevin… und vor allem seit Hanna… frage ich mich, ob ich je ehrlich zu mir war."

„Sie denken, Sie könnten sich auch zu Männern hingezogen fühlen?"

John nickte langsam.

„Ich spüre… da ist etwas. Neugier. Verlangen. Oder einfach Nähe. Ich weiß es nicht genau. Ich weiß nur, dass ich es nicht mehr wegdrücken kann."

„Und was macht das mit Ihnen?"

„Es macht mir Angst", sagte er. „Aber auch… Hoffnung. Vielleicht gibt es da noch etwas in mir, das ich neu entdecken kann. Etwas, das nicht mit Schmerz verbunden ist."

Dr. Lenz lächelte kaum merklich.

„Dann ist das vielleicht der erste echte Schritt in Richtung Heilung."

John saß auf dem Boden seines Wohnzimmers.

Vor ihm lag ein Stapel alter Tagebücher, die er nie wieder anfassen wollte.
Sie waren gefüllt mit den Gedanken eines jungen Mannes, der versuchte, „normal" zu sein. Der alles daran setzte, so zu fühlen wie alle anderen.

Er schlug ein Buch auf. Das Datum: 14. März 2012.

„Heute hat Kevin wieder diese Blicke rübergeworfen. Ich tu so, als stört es mich nicht. Als sei ich überlegen. Aber irgendwas daran… macht mich nervös. Nicht weil ich ihn hasse. Sondern, weil ich es fast… spüren will."

John schloss die Augen. Wie hatte er das vergessen können?

Die nächste Therapiestunde stand an.

Dr. Lenz war heute stiller als sonst.

Sie beobachtete ihn lange, ließ ihn erzählen.

„Ich habe früher viel geschrieben", sagte John. „Aber nie ehrlich. Nicht mal in meinen Tagebüchern. Ich hab mir selbst Geschichten erzählt. Wie ich fühlen sollte. Nicht, wie ich wirklich gefühlt habe."

„Und jetzt?", fragte sie.

„Jetzt fange ich an, diese Geschichten zu entwirren. Und ich weiß nicht, was echt ist und was Fassade."

„Was fühlen Sie, wenn Sie an Männer denken?"
John zögerte.

„Freiheit. Vielleicht zum ersten Mal. Und trotzdem schäme ich mich. Als hätte ich Hanna belogen. Als hätte ich mich selbst verraten."

„Sich zu öffnen ist kein Verrat, John. Es ist ein Versuch, wahrhaftig zu leben."

Er schluckte. „Ich habe mich immer angepasst. Damit ich geliebt werde. Aber vielleicht… war ich nie wirklich ich selbst."

Zuhause – spät in der Nacht

John stand vorm Spiegel im Bad. Er sah sich an, lange.

Dann sprach er leise:
„Ich bin nicht krank. Ich bin nicht Kevin. Aber ich bin auch nicht der, der ich vorgab zu sein."

Und dieser Gedanke machte ihn zum ersten Mal nicht traurig – sondern ruhig.

Kapitel 10: Die Selbstfindung

Es war ein Samstag, als John sich entschied, das Haus zu verlassen – nicht wegen eines Termins, nicht für einen Arztbesuch. Einfach so.

Er stand an der Straßenecke, die Hände in den Taschen vergraben.

Die Sonne schien.

Ein Café in Sichtweite.

Menschen, Stimmen, Lachen.

Es fühlte sich fremd an.

Aber nicht falsch.

Er betrat das kleine Café, setzte sich an einen Tisch am Fenster. Bestellte Kaffee, beobachtete die anderen.

Ein Pärchen, zwei Kinder mit Eis, ein junger Mann allein mit Buch.

Dann – ein Blick.

Der Mann mit dem Buch sah auf.

Ihre Blicke trafen sich. Kurz nur. Kein Flirten. Kein Zwang. Nur ein Moment.

Und John fühlte etwas.

Etwas Lebendiges.

Therapie – wenige Tage später

„Ich war im Café", sagte John. Ein Hauch Stolz in der Stimme.

Dr. Lenz lächelte. „Und?"

„Ich war nervös. Aber ich bin geblieben. Ich hab jemanden angesehen. Und ich habe nicht sofort weggeschaut."

„Und wie war das?"

„Ehrlich."

Er lehnte sich zurück.

„Zum ersten Mal hab ich mich nicht geschämt, etwas zu empfinden."

Später, in der Nacht

John saß am Fenster. In der Ferne zog Nebel durch die Straßen.
In seinem Inneren: eine seltsame Ruhe.

Er wusste, dass er nicht geheilt war. Noch lange nicht.

Aber er lebte.

Er stand auf, schloss das Fenster, schaltete das Licht aus.

Was er nicht sah: Auf der gegenüberliegenden Straßenseite stand eine Frau.

Bewegungslos. Schwarz gekleidet.

Ihr Blick ging nicht weg von seinem Fenster.

John hatte angefangen, anders zu beobachten.

Blicke, Bewegungen, Stimmen – nicht mehr nur beiläufig. Sondern bewusst. Wenn er im Café saß, schweifte sein Blick nicht mehr automatisch zu Frauen. Stattdessen… sah er Männer an.

Nicht wertend. Nicht gierig. Einfach interessiert.

Und es fühlte sich nicht falsch an. Es war leise. Zart. Wie etwas, das schon immer da gewesen war, aber nie ausgesprochen wurde.

In einem Gespräch mit Dr. Lenz formulierte er es zum ersten Mal laut:

„Ich glaube, ich stehe auf Männer."

Sie nickte nur sanft.

„Und wie fühlt sich das an, es auszusprechen?"

John musste lächeln – zum ersten Mal seit Langem.

„Richtig. Es fühlt sich richtig an."

Er sprach über Kevin. Über das, was ihn damals so
überfordert hatte.
Nicht, weil Kevin ihn verängstigt hatte – sondern,
weil Kevin Gefühle in ihm wachrief, die er nicht
einordnen konnte. Und weil Kevin mit Gewalt nahm,
was er sich nicht traute, sich selbst zuzugestehen.

Einige Wochen später, während einer Therapiesitzung.

Es war ruhig im Raum. Nur das gleichmäßige Ticken
der Wanduhr war zu hören.
Dr. Lenz saß wie immer mit geradem Rücken, ein
Notizblock auf dem Schoß, ihre Stimme ruhig, aber
präsent.

„Ich kenne da jemanden", sagte sie.

John sah auf. Seine Augen waren müde, aber wach.

„Jemanden?"

„Ein früherer Patient von mir Er ist in einer ähnlichen
Phase gewesen wie Sie jetzt. Heute arbeitet er in
einem queeren Beratungsnetzwerk. Ein ruhiger,
reflektierter Mensch. Ich glaube, er würde Ihnen gut
tun. Sein Name ist Alex."

John senkte den Blick. Etwas in ihm spannte sich an.

„Und er weiß von mir?"

„Nur das Nötigste", sagte Dr. Lenz sanft.

„Dass es da jemanden gibt, der auf einem ähnlichen Weg ist. Wenn Sie möchten, kann ich ihm Ihre Nummer geben. Er wird sich bei Ihnen melden, ganz unverbindlich."

John atmete tief durch. Er hatte Angst – aber auch das leise Gefühl von Neugier. Hoffnung.

„Okay… Ja. Das dürfen Sie."

Später am Abend

John lag in seinem Bett. Die Decke bis zur Brust hochgezogen, das Handy neben sich auf dem Kissen. Die Gedanken kreisten. Hatte er das Richtige getan? Dann vibrierte das Display.

Alex: Hi John, ich bin Alex. Dr. Lenz hat mir deine Nummer gegeben – natürlich nur mit deiner Erlaubnis.

Ein kleines Lächeln huschte über Johns Gesicht. Er antwortete:

John: Hi Alex, freut mich, dass du dich meldest.
Alex: Was hältst du davon, wenn wir uns morgen um 16 Uhr im Stadtpark treffen?
John: Klingt gut. Dann bis morgen.

Er legte das Handy weg, sah an die Decke – und fühlte etwas, das er lange nicht gespürt hatte. Etwas wie Vorfreude.

Am nächsten Tag – Stadtpark

John war zu früh. Wie immer. Er hasste es, andere warten zu lassen. Lieber selbst mit der Nervosität kämpfen. Die Hände in den Jackentaschen vergraben, der Blick schweifte über die Parkanlage.

Dann sah er ihn. Alex.

Er kam geradewegs auf ihn zu.
Groß, schlank, mit einem ruhigen, sympathischen Blick.

„Hi John", sagte Alex mit einem ehrlichen Lächeln.

„Hi."

Die Umarmung war vorsichtig. Herzlich. Warm.

Sie begannen zu gehen. Keine Spur von unangenehmer Stille.

Sie redeten über Belangloses: das Wetter, den Park, Bücher.
Es war einfach. Natürlich und ungezwungen.

Später setzten sie sich auf eine Bank mit Blick auf die Wiese.

„Was hat dir Dr. Lenz über mich erzählt?", fragte Alex.

„Nur, dass wir uns in gewissen Dingen ähneln. Dir?"

„Das Gleiche. Und dass du gerade versuchst, deinen Platz zu finden."

John nickte. „Ich hatte eine sehr intensive Beziehung mit einer Frau. Sie… ist nicht mehr da. Danach hat sich alles verändert. Ich hab angefangen, mich selbst zu hinterfragen. Und ich glaube… ich interessiere mich für Männer. Vielleicht schon lange."

Alex sah ihn nicht überrascht an. Nur ruhig. Verständlich.

„Bei mir war es auch so. Der Prozess dauert. Aber er lohnt sich."

Ein Moment des Schweigens.

„Ich finde dich sehr sympathisch", sagte Alex irgendwann.

John lächelte. „Ich dich auch."

Später – Johns Wohnung

Molly war zu Besuch. Sie saß auf seinem Bett, ein Kissen im Arm, die Füße untergeschlagen. John setzte sich neben sie, ein Glas Wasser in der Hand.

„Du siehst aus, als hättest du gerade gute Nachrichten bekommen", sagte sie grinsend.

„Vielleicht… habe ich jemanden kennengelernt."

„Erzähl!"

„Alex. Über Dr. Lenz. Meine Therapeutin. Wir haben uns heute im Park getroffen. Und es war… anders. Gut. Nicht überfordernd. Einfach gut."

Molly lächelte warm. „Ich freu mich für dich, John. Du hast es verdient, jemanden zu finden, der dich wirklich sieht."

Drei Tage waren vergangen.

Alex hatte sich wieder gemeldet. Nicht aufdringlich, nicht fordernd – einfach ehrlich.

Alex: Ich hab den Spaziergang mit dir echt genossen. Hättest du Lust, dich nochmal zu treffen?

Johns Antwort kam schneller, als er selbst erwartet hätte.

John: Sehr gern.

Sie verabredeten sich direkt für den nächsten Tag. Diesmal nicht im Park – sondern bei Alex zu Hause. Einfach Kaffee, Musik und vielleicht ein Film.

Alex wohnte in einem Altbau, dritte Etage. Die Wohnung war gemütlich, mit Pflanzen, Büchern, einer Gitarre an der Wand. Es roch nach Kaffee.

„Fühl dich wie zu Hause", sagte Alex.

John setzte sich aufs Sofa, spürte, wie seine Schultern sich entspannten.

„Ich dachte immer, Nähe würde mir Angst machen", sagte John. „Aber mit dir… fühlt es sich leicht an."

Alex lächelte. „Das ist das Schönste, was man sagen kann."

Dann ein leiser Moment.

„Darf ich?", fragte Alex.

John nickte.

Und sie küssten sich. Kein dramatischer Filmkuss. Nur zwei Menschen, die sich für einen Moment in Stille fanden.

Später in Johns Wohnung

John stand alleine am Fenster. In seinem Herzen: ein Zittern. Nicht aus Angst. Aus Hoffnung.

Dann – etwas.

Er sah auf die andere Straßenseite.

Da stand jemand. Im Schatten. Schwarz gekleidet.

Ein Hauch von Déjà-vu.

Sein Herz pochte schneller.

Er blinzelte.

Die Gestalt war verschwunden.

War sie da gewesen?

Oder war es nur sein Verstand?

Die nächste Therapiestunde fand statt.

„Ich habe ihn geküsst", sagte John.

Dr. Lenz lächelte behutsam. „Und wie war das für Sie?"

„Wahr. Ehrlich. Keine Angst. Nur… ein Kribbeln. Es war schön!"

John zögerte kurz.

„Und da ist noch etwas… Ich glaube, ich habe jemanden gesehen. Oder eingebildet. Schwarz gekleidet. Bewegungslos."

„Was glauben Sie – war es Erinnerung? Oder Wirklichkeit?"

„Ich weiß es nicht. Aber ich habe das Gefühl, dass etwas zurück ist."

Es war wieder Abend.

Die Luft war kühl, aber klar. John saß auf der Couch bei Alex, ein warmes Licht hüllte den Raum ein.

Musik lief leise im Hintergrund – ruhiger Indie-Pop, der sich wie ein schützender Vorhang über das Gespräch legte.

Sie hatten gegessen, geredet, gelacht. Nicht aufgesetzt, nicht zögerlich – sondern natürlich. John hatte nicht gedacht, dass es sich so anfühlen könnte.

Als wäre nichts falsch mit ihm. Als hätte er sich nie versteckt.

Alex goss ihm noch etwas Tee ein. Ihre Knie berührten sich flüchtig. John sah ihn an.

„Ich bin froh, dass du mich angeschrieben hast", sagte er.

Alex lächelte. „Ich auch. Du warst mir sofort sympathisch. Und ich finde es… mutig, wie offen du mit allem umgehst."

„Es hat lange gedauert", murmelte John. „Und ich bin noch nicht am Ziel. Aber du gibst mir das Gefühl, dass es okay ist, nicht fertig zu sein."

Sie sahen sich an – kein Druck, kein Spiel. Einfach dieser Moment.

Alex legte eine Hand auf seine. „Dann lass uns einfach gemeinsam anfangen."

Sie küssten sich erneut.

Diesmal länger.

Fester.

Intimer.

John ließ los.

Kapitel 11: Sie ist zurück

Später – in der Nacht

John war zu Hause. Noch immer trug er den Duft von Alex an seiner Kleidung. Er lächelte, als er sich im Bad im Spiegel betrachtete. Nicht, weil er sich schöner fühlte – sondern echter.

Er ging ins Schlafzimmer, legte sich ins Bett, der Körper entspannt wie lange nicht. Doch kurz bevor er die Augen schloss, zuckte er zusammen.

Ein Geräusch.

Draußen, im Flur. Leise. Ein Kratzen.

Er hielt den Atem an. Stand langsam auf. Trat zum Spion.

Nichts.

Aber als er sich abwenden wollte, lag etwas auf dem Boden vor der Tür.

Ein Briefumschlag. Schwarz Ohne Absender.

Er öffnete vorsichtig die Tür, nahm ihn an sich. Schlug ihn auf.

Nur ein einzelner Zettel. In Handschrift. Krakelig. Abgehackt.

Du wirst mir nicht entkommen. Ich war nie weg. Ich weiß, wer du bist.

Johns Hände zitterten.

Rachel.

Sie war zurück.

John saß auf dem Boden seiner Wohnung, der schwarze Umschlag noch immer in der Hand. Sein Blick war leer. Die Nachricht – kurz, hart, schneidend – hallte in ihm wider.

Du wirst mir nicht entkommen. Ich war nie weg. Ich weiß, wer du bist.

Er wusste, wer sie geschrieben hatte.

Rachel.

Es gab keinen Zweifel.

Später, in der Therapiesitzung

„Sie hat mir geschrieben", sagte John.

Seine Stimme war kaum mehr als ein Flüstern.

Dr. Lenz blickte ihn ruhig an. „Wissen Sie das sicher?"

„Ja. Ich erkenne ihre Handschrift. Und… den Ton. Sie ist wieder da."

Dr. Lenz schwieg einen Moment. „Haben Sie jemandem davon erzählt? Der Polizei?"

„Noch nicht", sagte John. „Ich weiß nicht, ob ich ihnen wieder gegenübertreten kann. Sie haben damals auch nichts verhindern können."

„Und Alex?", fragte sie leise.

John senkte den Blick. „Nein. Ich will ihn da raushalten. Ich… Ich kann ihn nicht verlieren."

Zur gleichen Zeit – bei Alex

Er war gerade vom Einkaufen zurückgekehrt. Die Einkaufstasche stand noch halb gepackt auf dem Küchentisch, als sein Handy vibrierte.

Unbekannte Nummer.

Eine einzige Nachricht: Du solltest wissen, mit wem du dich einlässt. Es endet wie beim letzten Mal.

Alex starrte auf das Display. Die Worte wirkten harmlos – und gleichzeitig wie ein Stich ins Herz.

Er spürte sofort: das war nicht irgendjemand.

Er wählte Johns Nummer.

Es klingelte. Keine Antwort.

Zurück bei John

John hörte das Handy klingeln, doch er konnte nicht dran gehen. Seine Gedanken rasten.

Was, wenn Rachel nicht nur zurück war?

Was, wenn sie bereits näher war, als er dachte?

John rannte die Treppen hinunter, zwei Stufen auf einmal. Er hatte Alex' Anruf verpasst – und als er die Nachricht las, wurde ihm klar, dass Rachel ihre Kreise nun enger zog.

Du solltest wissen, mit wem du dich einlässt. Es endet wie beim letzten Mal.

„Wie beim letzten Mal." Die Worte hämmerten in seinem Kopf.

Hanna.

Er war zu spät gewesen. Damals. Und jetzt?

Nicht nochmal.

Er trat auf die Straße, sein Handy fest in der Hand, während er versuchte, Alex zu erreichen.

„Geh ran… bitte, geh ran…"

„John?"

Alex' Stimme klang angespannt.

„Ich komme sofort zu dir. Schließ alles ab. Mach keine Tür auf."

„Was… was ist los? Wer war das?"

„Rachel", sagte John. „Sie ist zurück. Und sie weiß von dir."

Stille am anderen Ende. Dann ein leises: „Okay."

Wenige Minuten später – bei Alex

Alex öffnete die Tür, die Kette noch eingehängt.

„Ich hab sie gesehen", flüsterte er.

„Draußen. Vorm Haus. Sie hat mich angesehen. Kein Wort gesagt. Nur… gesehen."

John trat ein, die Tür fiel hinter ihm ins Schloss.

„Wir müssen zur Polizei", sagte Alex.

„Ich weiß. Aber wir müssen vorsichtig sein. Sie beobachtet uns. Sie will, dass wir uns fürchten."

Alex sah John an. „Und du? Fürchtest du dich?"

John zögerte. „Ja. Aber diesmal laufe ich nicht."

Später in der Nacht

John saß auf dem Sofa. Alex schlief erschöpft neben ihm. Er streichelte sanft seine Schulter, sein Blick leer auf die Dunkelheit gerichtet.

Er wusste, dass dies erst der Anfang war.

Rachel hatte lange gewartet.

Und jetzt war sie bereit, das Spiel zu beenden.

Am nächsten Morgen standen John und Alex vor dem Polizeirevier. Der Himmel war bleigrau, der Wind biss ihnen ins Gesicht, als wollten selbst die Elemente warnen, was sie gleich erzählen würden.

Sie gingen gemeinsam hinein, wurden in ein kleines Büro geführt, beige Wände, abgegriffene Stühle. Eine Beamtin hörte sich alles an – ruhig, professionell.

John legte den Briefumschlag auf den Tisch. Alex zeigte die Nachricht auf seinem Handy.

„Sie heißt Rachel Wegener", sagte John leise. „Sie ist die Mutter von Kevin und Nancy. Ich war… ich bin der Grund, warum beide tot sind."

Die Polizistin sah ihn ernst an.

„Sie wollen sagen, diese Frau will sich rächen?"

John nickte. „Ja. Weil ich überlebt habe. Weil ich sie getötet habe, um zu überleben."

„Selbstverteidigung?", fragte sie.

„Vielleicht. Aber für sie… bin ich der Mörder ihrer Kinder."

Die Beamtin machte sich Notizen. „Wir leiten eine Gefährdungsanalyse ein. Und wir prüfen bekannte Aufenthaltsorte."

John wusste, es würde nicht reichen. Rachel würde nicht eher ruhen, bis er gefallen war.

Später, in Johns Wohnung

Er und Alex saßen auf dem Sofa. Der Fernseher war stumm geschaltet, die Nachrichten liefen ohne Ton.

„Glaubst du, sie wird wirklich zuschlagen?", fragte Alex.

„Sie hat es wahrscheinlich schon getan", sagte John.

„Ich glaube, sie war es, die Hanna getötet hat."

„Und Mary?"

„Mary… wurde von Kevin getötet. Rachel hat ihn dazu gemacht. Und jetzt ist sie bereit, selbst zu beenden, was sie begonnen hat."

Alex legte eine Hand auf seine.

„Dann lassen wir sie nicht gewinnen."

In einem verlassenen Haus

Rachel saß auf einem alten Stuhl.
Der Raum war leer, kahl, der Boden rissig.

Sie hielt ein Foto in der Hand – John und Alex. Ein Moment aus dem Park, aufgenommen aus der Ferne. Unscharf. Und doch deutlich genug.

Sie flüsterte: „Du hast mir meine Familie genommen… jetzt nehme ich dir alles."

Kapitel 12: Das Outing

Die Sonne schien durch die dünnen Vorhänge, aber John spürte keine Wärme.

Er saß in der Ecke seines Wohnzimmers, den Rücken zur Wand, die Beine angezogen, die Stirn auf die Knie gelegt. Die Luft war stickig, obwohl das Fenster offen stand.

Er hatte kaum geschlafen.

Nicht, weil er nicht müde war – sondern weil sein Kopf nicht zur Ruhe kam. Gedanken schossen durch ihn hindurch wie Nadeln. Erinnerungen, Geräusche, Bilder.

Rachel. Alex. Hanna. Kevin. Nancy.

Sie waren alle da – in seinem Kopf. Und keiner ging.

Später bei der Therapiestunde

„Ich kann mich auf nichts mehr konzentrieren", sagte John.

Er sah an Dr. Lenz vorbei, nicht direkt in ihre Augen.

Seine Hände rieben unruhig aneinander.

„Ich nehme die Tabletten, wie Sie es gesagt haben… aber vielleicht… vielleicht sehe ich deshalb Dinge."

„Was meinen Sie?", fragte Dr. Lenz ruhig.

„Was, wenn ich mir das alles nur einbilde? Die Briefe. Die Gestalten. Rachel… Was, wenn sie nie da war?"

Dr. Lenz blieb still. Sie ließ ihn reden.

„Ich höre Geräusche, die nicht da sind. Ich sehe Menschen, die verschwinden. Ich… verliere mich."

„Oder Sie kommen näher an das heran, was verdrängt wurde", sagte sie leise.

Nach der Therapiesitzung legte John bei sich zu Hause Musik auf. Klassisch. Piano.

Die Melodie erfüllte den Raum wie ein Schleier.

Er schloss die Augen, ließ sich für einen Moment treiben.

Kein Schmerz, keine Stimmen.

Nur Klang.

Dann ein leises Klopfen.

Er schrak zusammen.

Das Klopfen kam nicht von der Tür – sondern von innen.

Aus seinem Inneren. Aus einer Erinnerung, die sich Bahn brach.

Rückblende – John als Kind

Er saß im Flur, die Ohren zugehalten, während aus dem Wohnzimmer das Schreien kam. Eine Frau. Seine Mutter.

Sie weinte. Flehte. Und dann wieder Stille.

John hatte sich nie gefragt, warum er sich an diesen Moment erinnerte – obwohl er so klein gewesen war.

Vielleicht, weil es der Moment war, in dem etwas in ihm zerbrach.

Zurück in der Gegenwart

Es klingelte. Er stand langsam auf und ging zur Tür. Johns Herz schlug. Er ging ganz nah an die Tür heran, sah durch den Spion.

Skeptisch öffnete er – und da stand sie.

Seine Mutter. Als hätte er es gespürt.

Etwas älter, dünner als er sie in Erinnerung hatte. Die Haare grau, das Gesicht eingefallen. Aber die Augen – die waren gleich geblieben. Wach, traurig, warm.

„Mama?", flüsterte er.

Sie sagte nichts. Sie trat nur einen Schritt näher. Und dann – ganz plötzlich – umarmte sie ihn. Fest. Still.

Und John… ließ es zu.
Tränen liefen ihm über das Gesicht.

Er hatte nicht gewusst, wie sehr er das gebraucht hatte.

John starrte auf das Gesicht seiner Mutter, die plötzlich vor ihm stand – blass, erschöpft, die Augen glänzend. Die Tür hatte er selbst geöffnet, doch es fühlte sich an, als hätte sie eine Grenze überschritten, die jahrelang unüberwindbar war.

„Mama…?", flüsterte er.

„Hey", sagte sie leise. Ihre Stimme war fast zerbrechlich.

Eine lange Stille folgte, bevor sie sich langsam in Bewegung setzte und die Wohnung betrat.

„Du wohnst schön", sagte sie, beinahe automatisch, während sie sich langsam umsah. Ihre Augen blieben an den Vorhängen hängen, an den Fotos auf dem Sideboard, an der Gitarre, die in der Ecke stand.

John antwortete nicht.

Er stand einfach nur da, die Arme leicht verschränkt, als müsse er sich selbst halten.

„Ich wollte nicht einfach so kommen…", begann sie zögernd. „Ich wusste nicht, ob du mich überhaupt noch sehen willst."

„Warum… jetzt?", fragte er rau.

Sie atmete tief durch. „Ich habe mir Sorgen gemacht, nach all dem, was passiert ist. Ich bin froh, dass du mir das geschrieben hattest."

John wandte den Blick ab. „Also aus Mitleid."

„Nein!", rief sie – das erste Mal fester. Dann wieder leiser: „Ich hab Angst um dich."

Sie trat näher, ganz vorsichtig, als würde ein falsches Wort ihn vertreiben wie ein scheues Tier.

„Ich hab so vieles falsch gemacht, John. Ich hätte damals nicht weglaufen dürfen. Nicht dich alleine lassen. Aber ich war… überfordert."

Johns Stimme zitterte, als er sagte: „Du hast mich allein gelassen. Mit all dem."

„Ich weiß."

Tränen standen ihr in den Augen.

„Du hast doch schon damals Dinge gesehen", sagte sie dann.

John blickte auf. „Was meinst du?"

„Du warst sechzehn. Hast nicht geschlafen. Hast gesagt, du fühlst dich beobachtet. Du hattest Angst, die Tür aufzumachen. Du hast von einer Frau gesprochen. Einer Frau in Schwarz."

John hielt den Atem an. „Rachel."
Seine Mutter nickte langsam. „Du hast ihren Namen nie gesagt. Nur… dass sie da sei. Immer.

"Sie griff in ihre Tasche, zögerte, dann reichte sie ihm einen kleinen, abgegriffenen Briefumschlag.

„Ich habe den nie weggeschmissen."

John öffnete ihn. Langsam. Drinnen: eine Kinderzeichnung. Verwaschen. Aber deutlich.

Ein Gesicht. Verzerrt. Große schwarze Augen. Und darunter stand in krakeliger Schrift: „Sie sieht alles. Und sie wird mich holen."

Johns Kehle schnürte sich zu.

„Ich dachte… ich hab sie erst durch Kevin und Nancy kennengelernt", flüsterte er.

„Sie war schon immer da", sagte seine Mutter.

Sie saß auf dem Sofa, der Umschlag mit der alten Zeichnung lag auf dem Couchtisch zwischen ihnen. John hatte sich in den Sessel gegenüber gesetzt. Die Stille war dicht, fast körperlich spürbar.

Sie fuhr sich mit einer zitternden Hand durchs Haar, dann blickte sie ihn an.

Ein unsicherer Blick, wie jemand, der nicht weiß, ob er überhaupt das Recht hat, eine Frage zu stellen.

„Und… wie geht es dir damit? Ich meine… all dem", sagte sie schließlich.

John zuckte nur mit den Schultern. „Ich funktioniere."

„Aber du bist allein." Ihre Stimme war weich. Fast bedauernd. „Hanna ist weg… Ich kann mir vorstellen, wie weh das tut."

Johns Blick verhärtete sich kurz.

Dann atmete er durch.

„Ich bin nicht allein", sagte er ruhig.

„Ach ja?", fragte sie mit einem vorsichtigen Lächeln.

„Gibt es… jemanden?"

Er nickte. „Ja. Da gibt's jemanden. Er ist wirklich toll."

Eine Pause. Die Luft im Raum schien plötzlich stillzustehen.

„Er?", fragte sie langsam.

John sah sie an. Direkt. „Ja. Ich bin verliebt in ihn. Er heißt Kevin"

Seine Mutter starrte ihn an. Sekundenlang. Keine Reaktion. Kein Wort.

Dann stand sie auf. Ging einige Schritte zum Fenster. Drehte ihm den Rücken zu.

„Das… kommt jetzt unerwartet", sagte sie leise.

John spürte, wie sich sein Magen zusammenzog. „Unerwartet?"

„Du warst mit Hanna zusammen. Du hattest Freundinnen. Und jetzt… ein Mann?" Ihre Stimme zitterte. „Ich meine… ich verstehe das nicht."

„Du musst es auch nicht verstehen", sagte John leise. „Nur akzeptieren."

Sie drehte sich um. Ihre Augen waren feucht, aber hart.

„Und wenn ich das nicht kann?"

John stand langsam auf. Sein Blick war ruhig, aber klar.

„Dann verlierst du mich. Ein zweites Mal."

John stand still, während seine Mutter dastehen blieb, als hätte er ihr gerade das Herz herausgerissen. Sie wollte etwas sagen, aber die Worte blieben ihr im Hals stecken.

„Ich bin immer noch dein Sohn", sagte John. Seine Stimme war ruhig, aber angespannt.

„Aber ich bin nicht mehr der, den du sehen willst, wenn du mich anschaust."

Sie öffnete den Mund, schloss ihn wieder. Tränen liefen ihr die Wangen hinunter.

„Du bist… verwirrt, John. Vielleicht brauchst du Hilfe. Ich mein… nach allem, was du erlebt hast…"

John unterbrach sie. „Nein. Ich bin klarer als je zuvor."

Er trat zurück, öffnete die Tür. „Ich denke, es ist besser, wenn du gehst."

Seine Mutter zögerte. „Ich wollte dich doch nur wiedersehen…"

„Dann hättest du zuhören müssen."

Schweigend ging sie an ihm vorbei, blieb einen Moment im Flur stehen, drehte sich dann noch einmal um.

„Ich hoffe… du kommst zur Vernunft."

Dann war sie weg.

John schloss die Tür. Lehnte sich mit dem Rücken dagegen. Schweiß auf der Stirn. Die Hände zitterten.

Er wollte schreien, konnte aber nicht. Stattdessen ging er langsam zum Fenster. Blickte hinaus.

Dort stand sie.

Rachel.

Nicht mehr verschwommen. Nicht im Schatten.

Sie stand auf der gegenüberliegenden Straßenseite, halb verborgen zwischen den Bäumen.

Sie bewegte sich nicht. Sie sah ihn nur an.

Und John wusste: Es war Zeit.

Am Nachmittag klingelte es an Johns Tür.

Er öffnete sie und sah Alex auf der Schwelle stehen. Er trug einen leichten Pullover, eine Tragetasche in der Hand und ein schüchternes, aber herzliches Lächeln im Gesicht.

„Hey", sagte Alex.

„Hey", antwortete John, etwas leiser. „Komm rein."

Alex trat ein, stellte die Tasche ab. Der vertraute Duft von Jasmin und Pfefferminze, den John mittlerweile mit Alex verband, erfüllte kurz den Flur.

„Ich wollte nach dir sehen", sagte Alex. „Du hast gestern nicht mehr geschrieben."

John nickte, führte ihn ins Wohnzimmer.

„Meine Mutter war hier", begann er schließlich, als sie saßen. Seine Stimme war flach. „Zum ersten Mal nach einer langen Zeit. Es war… schwer."

Alex legte vorsichtig eine Hand auf seine. „Was hat sie gesagt?"

„Dass sie hofft, ich komme zur Vernunft." John lachte bitter. „Weil ich jetzt mit dir zusammen bin. Weil ich nicht mehr in das Bild passe, das sie von mir hatte."

„Das tut mir leid."

„Mir auch. Aber es war ehrlich. Und ich glaube, ich hab ihr zum ersten Mal wirklich gesagt, wer ich bin."

Sie schwiegen eine Weile. Dann hob Alex vorsichtig den Blick.

„Ich weiß, es ist vielleicht etwas früh… aber ich bin heute Abend auf einer Geburtstagsparty von einem Freund. Es wird klein, nichts Wildes. Ich dachte, vielleicht hättest du Lust, mitzukommen."

John sah ihn an. Sein Herz schlug schneller – nicht aus Angst, sondern aus Unsicherheit.

„Ich weiß nicht, ob ich bereit bin… für so viele Menschen. Für… uns, in einem Raum voller Fremder."

Alex nickte sofort. Kein Vorwurf in seinem Blick.

„Das ist völlig okay. Ich wollte dich nicht überfordern."

John griff nach einem Schlüssel auf dem Regal. Es war sein Ersatzhaustürschlüssel. Er drückte ihn Alex in die Hand.

„Aber… wenn du später willst… vielleicht, heute Abend… dann kannst du einfach zu mir kommen."

Alex sah den Schlüssel an, als wäre es etwas Heiliges.

„Du hast mir mehr geschenkt, als jede Party je könnte", sagte er leise.

John lächelte.

„Ich liebe dich!", sagte Alex.

John sah ihn an. Eine Träne stieg in seinem Auge auf.

„Ich liebe dich auch."

Kapitel 13: Sie ist hier

Der Nachmittag verging still. John war allein.

Alex war zur Party gegangen, wie geplant. Und John?
Er hatte das Gefühl, die aufkommende Unruhe mit
Bewegung bändigen zu müssen.

Er stand in der Küche und wischte die Arbeitsfläche –
zum dritten Mal. Das Spülbecken glänzte, der Boden
war frisch gewischt, selbst die Fenster hatte er
geöffnet, obwohl es draußen langsam dämmerte.

Er versuchte, sich mit Musik abzulenken. Etwas
Ruhiges. Instrumental. Kein Text, der ihn wieder in
Gedanken zurückziehen konnte.

Doch es half nicht wirklich.

Immer wieder wanderte sein Blick zur Tür. Er wusste
nicht, warum. Es war ein Gefühl. Eine Anspannung,
die sich in seinem Nacken festgesetzt hatte.

Dann – das Klopfen.

Einmal. Laut. Hart.

John erstarrte. Die Musik lief weiter. Aber sie war
plötzlich nur noch ein fernes Rauschen.

Er legte das Tuch ab. Trat langsam in den Flur. Starrte
zur Tür.

Dann – wieder:
KLOPF. KLOPF.

Schwer. Mit Kraft. Fast schon Wut.

„Alex?", rief er zögernd.

Keine Antwort.

Nur wieder: KLOPF. KLOPF. KLOPF.

Jetzt aggressiver.

Johns Herz schlug bis in den Hals.
Er ging ganz nah an die Tür heran, sah durch den Spion.

Und alles in ihm wurde starr.

Draußen – Rachel.

Sie stand direkt vor der Tür. Der Blick geradeaus. Ihre Augen funkelten vor Hass, kalt und unbeirrbar. Die Lippen bewegten sich kaum, aber er konnte erkennen: sie flüsterte etwas. Immer wieder. Stumm. Ohne Ton. „Mach auf…"

Er wich einen Schritt zurück.

Dann: Ein Schlag.

Sie hämmerte mit der Faust gegen die Tür. Wieder. Und wieder.

„JOHN!" – schrie sie jetzt, hörbar. Durch die Tür. Mit voller Stimme.

„Du wirst nicht entkommen! Du hast sie mir genommen!"

Er stolperte rückwärts, fiel fast, stützte sich an der Wand ab.

„Geh weg!", brüllte er. „Lass mich in Ruhe!"

Doch sie hörte nicht auf.

Sie schlug weiter gegen die Tür, laut, rhythmisch. Wie ein Ritual. Die Türklinke rüttelte.

Er rannte ins Wohnzimmer, riss das Handy vom Tisch. Wählte den Notruf.

Doch als er zurück in den Flur kam – Stille.

Keine Schritte. Kein Flüstern. Nur das leere Summen der Leitung.

Rachel war weg.

Aber das Pochen in seinem Kopf… das blieb.

Die Minuten nach dem Anruf zogen sich wie Kaugummi.

John stand mit dem Rücken an der Wohnzimmerwand, das Handy noch immer in der Hand. Er hatte es nicht einmal geschafft, aufzulegen.

Seine Hände waren schwitzig, seine Knie weich.

Sein Herz raste.

Immer wieder blickte er zur Tür, als würde Rachel jeden Moment zurückkommen.

Dann – das andere Klopfen. Kurz. Klar. Dreimal.

Polizei.

Er stürzte zur Tür, öffnete.

Zwei Beamte, ein Mann und eine Frau, traten ein.

Neutral, aber wachsam.

„Herr Falkner?"

John nickte, deutete auf den Flur. „Sie war hier. Gerade eben. Sie hat gegen die Tür geschlagen. Sie hat geschrien, dass ich nicht entkommen kann. Es war Rachel Wegener."

Die Polizistin sah zur Tür, prüfte das Schloss. „Ist sie eingebrochen?"

„Nein… sie hat versucht, einzudringen, aber ich habe abgeschlossen. Ich… ich habe sie durch den Spion gesehen."

Der andere Beamte trat ans Fenster, warf einen Blick auf die Straße.

„Hier ist niemand mehr."

John schüttelte den Kopf. „Sie war da. Ich schwöre es."

Die Polizistin machte sich Notizen.

„Wir haben bereits eine Gefährdungsmeldung laufen. Ich gebe das weiter. Aber wenn sie nicht eindeutig identifiziert wird und es keine Beweise für einen Angriff gibt, können wir nur Präsenz zeigen."

„Sie war da", wiederholte John, leiser. „Und sie kommt wieder."

Später, als die Beamten gegangen waren

John saß auf dem Boden im Wohnzimmer.

Der Raum wirkte leerer als sonst. Kälter.

Die Musik war längst verstummt. Er hörte nur noch den Wind draußen – und sein eigenes Atmen.

Dann vibrierte das Handy.

Eine Nachricht.

Von Alex.

„Bin gleich auf dem Heimweg. Ich bring noch was zu essen mit. Hast du Hunger? :)"

John starrte auf das Display.

Er wollte antworten. Aber seine Finger bewegten sich nicht.
Die Tür war abgeschlossen. Die Wohnung still.

Draußen lag Dunkelheit über der Straße. Und innen – tiefe Leere.

John ging taumelnd ins Badezimmer. Seine Bewegungen waren fahrig, seine Augen glasig. Das Medizinschränkchen quietschte leicht, als er es öffnete.

Er griff nach der weißen Packung, die ihm zuletzt verschrieben worden war. Beruhigungsmittel. Nichts Starkes. Nur um "zur Ruhe zu kommen", wie es die Ärztin formuliert hatte.

Doch John hatte keinen Bezug mehr zur Dosierung.

Er schüttete mehrere Tabletten in die Handfläche. Drei. Fünf. Sieben? Er war zu unruhig, um zu zählen. Er stand noch immer unter Schock.

Ohne zu zögern warf er sie in den Mund, spülte mit abgestandenem Wasser vom Becher neben dem Waschbecken nach.

Der Geschmack brannte auf der Zunge. Bitter. Schwer.

Er schleppte sich ins Schlafzimmer. Das Licht brannte noch. John ließ sich einfach aufs Bett fallen. Zog die Decke halb über sich.

Sein Kopf sank ins Kissen, sein Blick ins Nichts.

Dann – Dunkelheit. Ein dumpfes Rauschen in den Ohren. Der Körper schwer wie Stein.

Später in der Nacht

Ein Klicken. Die Tür öffnete sich.

Rachel trat ein. Schwarz gekleidet. Das Gesicht kühl, ausdruckslos.
Sie schloss die Tür leise und langsam.

Legte den Blick prüfend durch den Flur.

Sie griff in ihre Manteltasche, holte ein langes Küchenmesser hervor. Dann zog sie den schweren Mantel aus und ließ ihn auf dem Boden liegen. Darunter trug sie dunkle Kleidung. Ihre Bewegungen waren ruhig. Bestimmt.

Sie bewegte sich geräuschlos durch den Flur – direkt zum Schlafzimmer.

Die Tür war nur angelehnt. Sie schob sie auf. John lag da – tief in Medikamententrance, kaum zuckend, kaum atmend.

Rachel trat an das Bett. Kniete sich neben ihn. Zog mit der stumpfen Seite der Klinge leicht über seine Wange. Dann drehte sie sie um – und setzte einen feinen Schnitt.

Doch in dem Moment öffnete John ruckartig die Augen. Sein Blick war benommen, aber alarmiert.

Rachel zuckte zurück, doch John hob die Arme – wollte sich schützen.

Sie schlug zu. Nicht mit Wucht, aber schnell – das Messer schnitt ihn am Unterarm.

Ein tiefer Schnitt.

John schrie auf. Riss die Decke hoch, versuchte, sie abzuwehren. Doch sie war über ihm. Presste ihn hinunter.

Ein kurzer Kampf. Ringen. Tritte. Hände, die sich suchten und stießen.

Dann gelang es John, ihr mit letzter Kraft das Bein wegzutreten. Sie taumelte zurück.

Genug Zeit für ihn, vom Bett zu rutschen.

Er stolperte in Richtung Tür, die Hand blutüberströmt.

Riss die Badezimmertür auf, warf sich hinein, schlug die Tür zu. Schnell abgeschlossen.

Er fiel zu Boden, schwer atmend. Das Licht flackerte.

Draußen: absolute Stille.

Aber er wusste – sie war noch da. Rachel.

John lag auf dem kalten Fliesenboden. Sein Atem ging stoßweise, der Arm blutete noch immer – notdürftig mit einem Handtuch umwickelt. Schweiß rann ihm die Schläfen hinab. Er zitterte. Vor Schmerz. Vor Angst. Vor Kälte.

Dann – Schritte. Langsam. Schwer. Sie kamen näher.

Er hörte sie durch die Tür. Rachel. Ganz nah. Dann – ihre Stimme.

„Du kannst dich nicht ewig verstecken, John."

Sie klang ruhig. Beinahe sanft. Fast wie eine Mutter, die mit einem Kind spricht.

John presste die Stirn gegen die kalten Fliesen. „Geh einfach… bitte…"

„Ich bin nicht hier, um dich zu töten", sagte sie.

Kurze Pause. „Noch nicht."

Johns Herzschlag pochte dumpf in seinem Schädel.

„Warum machst du das?" Seine Stimme war rau, brüchig. „Was willst du von mir?"

„Du weißt, was ich will", sagte sie. „Du hast meine Familie zerstört."

„Sie haben Menschen umgebracht! Sie haben MICH fast umgebracht!", keuchte John.

„Ich habe nur überlebt! Ich hatte keine Wahl!"

„Sie waren meine Kinder." „Mein Fleisch. Mein Herz." Ihre Stimme bebte. „Und du hast sie mir genommen. Und dafür wirst du bezahlen"

Ein dumpfer Schlag gegen die Tür.

John zuckte zusammen.

„Du bist krank…", sagte er.

„Und du bist mein letztes Stück Gerechtigkeit", hauchte sie.

Dann: Schritte. Entfernt.

Aber John wusste – sie war nicht weit.

Kapitel 14: Das Blutbad

Es war nach Mitternacht, als Alex die Straße hinaufging. Die Nacht war kalt, feucht, der Wind trug den Geruch von Regen mit sich.

John hatte nicht mehr geantwortet.

Zuerst hatte Alex gedacht, er sei eingeschlafen. Dann hatte ihn ein Gefühl beschlichen, das er nicht loswurde – ein Knoten im Bauch, der immer fester wurde. Also war er gegangen. Direkt zu Johns Wohnung.

Er schloss mit dem Ersatzschlüssel auf und trat ein.

„John?", rief er vorsichtig.

Keine Antwort.

Er machte zwei Schritte in den Flur – und blieb abrupt stehen.

Blut.

Auf den Fliesen. Tropfen. Schmierer. Sein Herz setzte einen Schlag aus.

Im Badezimmer

John saß in der Ecke. Blass, erschöpft, der Arm inzwischen bandagiert.
Sein Kopf zuckte hoch, als er glaubte, draußen Schritte zu hören.

Nein – bitte nicht.

Rachel kam zurück. Er war sich sicher.

Er sprang auf, taumelte. Der Schmerz brannte in seinem Arm. Seine Finger tasteten hektisch nach etwas – irgendetwas. Ein Glas. Zahnbürsten. Fläschchen. Dann – eine Feile. Eine Nagelfeile. Spitz. Scharf. Besser als nichts.

Sein Blick war glasig. Der Puls raste.

Dann hörte er sie. Die Schritte im Hausflur.

Sie war zurück.

Rachel war zurück.

Er riss die Badezimmertür auf, bevor sich die Gestalt davor überhaupt vorstellen konnte. Und stach zu.

Die Feile durchbohrte die Wange des Mannes, der gerade zur Tür trat.

Alex.

Ein gurgelnder Laut, ein halb geschriener Name – „JOHN!" – doch es war zu spät. Die Feile bohrte sich durch Haut, Fleisch, und drang durch die Innenseite seiner Wange.

Alex fiel gegen die Wand. Die Augen weit vor Schmerz. Blut spritzte auf Fliesen und Türrahmen.

Seine Hand griff reflexartig nach dem Metall.
Zitternd, unter Schock, zog er die Feile heraus.

Ein röchelnder Laut. Dann sackte er an der Wand
zusammen, das Gesicht blutüberströmt.

John taumelte zurück, die Hände zitternd. „Oh Gott…
Alex… nein… ich dachte… ich dachte, du wärst
sie…"

Alex hielt sich die Wange. Tränen mischten sich mit
Blut.

„Was… was hast du getan…?"

Alex' Stimme war kaum mehr als ein Flüstern. Blut
lief ihm aus dem Mund, als er versuchte zu sprechen.

„Ich hab deine Stimme nicht gehört… ich… sie war
da… ich dachte, sie ist zurück…"

John sank auf die Knie.
Die Feile klirrte zu Boden.

Ein Moment der Stille. Dann – trotz des Schmerzes,
trotz der Wunde – kroch Alex vorsichtig zu ihm. Legte
seine Hand auf Johns. Und so saßen sie da. Zwei
Körper. Zwei Verletzungen. Und zwischen ihnen –
eine unheilvolle Dunkelheit, die noch nicht
verschwunden war.

Die Badezimmertür war fest verschlossen. John hatte
sie sofort wieder abgeschlossen.

Niemand würde hier herein.

Nicht Rachel.

Alex saß noch immer am Boden, blass, das Blut lief ihm in dunklen Schlieren die Wange hinab. Seine Augen waren glasig.

„Ich… ich wollte das nicht. Ich hab dich nicht gesehen… Ich dachte, du wärst sie…"

Alex konnte kaum sprechen.

Jeder Laut fiel ihm schwer.

„Ich… weiß…", krächzte er.

John öffnete mit fahrigen Händen das kleine, weiße Erste-Hilfe-Set unter dem Waschbecken. Er kippte seinen gesamten Inhalt auf die Fliesen: Mullbinden, Pflaster, eine angefangene Rolle Tape – und dann: die Flasche Desinfektionsmittel.

Der scharfe Geruch breitete sich augenblicklich aus. Stechend. Bitter. Steril.

John tränkte eine Kompresse, seine Hände zitterten unkontrolliert.

„Ich muss das reinigen…", sagte er leise, als würde er um Erlaubnis bitten.

Alex nickte kaum merklich.

John atmete tief durch – und drückte das getränkte Tuch vorsichtig auf die Wunde.

Alex schrie auf. Laut. Unverfälscht.

Sein ganzer Körper spannte sich an, er schlug mit der Faust gegen die Fliese hinter sich.

„Ich weiß… ich weiß… es tut weh, ich muss… ich muss…", stammelte John.

Tränen liefen über sein Gesicht. Er versuchte, die Wunde zu säubern, so gut er konnte. Die Kompresse färbte sich tiefrot. Es sah aus, als würde er die Haut ausradieren.

Dann – ein Geräusch.

Aus der Küche. Leicht. Aber unüberhörbar.

Ein Feuerzeug. Dann ein tiefer Zug. Und…Ein Lachen.

Gehässig. Trocken. Frauenhaft.

Rachel.

Sie war nicht gegangen. Sie war in der Wohnung. Sie rauchte in seiner Küche. Genoss den Moment.

John erstarrte. Alex keuchte schwach.

„Sie ist… hier…", flüsterte John.

Seine Stimme war nichts weiter als ein Hauch.

Die Hölle war nicht draußen.

Sie war in Johns Wohnung.

„Ich habe eine Idee. Ich hole schnell mein Handy aus dem Schlafzimmer – ich bin sofort zurück", sagte John atemlos.

Alex lag zusammengesunken an der Badezimmertür, das Gesicht von Schmerzen verzerrt. Seine Haut war blass, Schweiß glänzte auf seiner Stirn. Er konnte kaum sprechen, doch seine Hand hob sich schwach, griff nach John. Seine Finger zitterten.

„Ich bin gleich wieder da… Alles wird gut. Ich verspreche es." Johns Stimme war leise, aber gepresst.

Er ging zur Tür, atmete tief durch. Dann drehte er vorsichtig den Schlüssel im Schloss. Das Klicken hallte laut durch das enge Badezimmer, wie ein Echo des Schicksals.

John verzog das Gesicht.

Er riss die Tür auf und rannte los, barfuß über die kalten Fliesen.

Blut tropfte von seinem verletzten Arm.

Im Badezimmer versuchte Alex, seine Kraft zu sammeln.

Er griff schwerfällig in seine Hosentasche und zog sein Handy hervor. Zitternd entsperrte er es. Der Bildschirm leuchtete auf. Hoffnung. Dann – plötzlich – schwarz.

Akku leer.

Alex stöhnte verzweifelt, ließ das Handy sinken. Der letzte Funke Kommunikation erloschen.

John betrat sein Schlafzimmer. Chaos.

Das Bett zerwühlt, sein Handy lag noch dort.

Er griff nach dem Handy – dann drehte er sich abrupt um.

Er spürte etwas. Etwas stimmte nicht.

Mit leisen Schritten eilte er zurück.

Als er die Badezimmertür öffnete, erstarrte er.

Rachel war da.

Sie stand hinter Alex, hatte seine Haare fest gepackt und drückte ein langes, blitzendes Messer gegen seine Kehle.
Alex' Augen waren weit aufgerissen, sein Mund öffnete sich, aber kein Laut kam heraus.

„Du kommst ja gerade rechtzeitig", sagte Rachel herablassend. Ihre Stimme triefte vor Hohn.

„Gib mir das Handy. Jetzt. Oder dein Liebster stirbt sofort."

John hob die Hände. Langsam. Er trat vorsichtig näher und reichte ihr das Handy.

„Setz dich hin", befahl sie kalt.

Er gehorchte.
Langsam ließ er sich neben Alex nieder.

„Wir schaffen das irgendwie." Johns Stimme zitterte.

Alex nickte kaum merklich, Tränen in den Augen, die Wange blutverkrustet.

Rachel holte silbernes Klebeband aus ihrer Manteltasche und fesselte die beiden.
Dann zog sie das Band über ihre Münder. Grob. Unbarmherzig.

Sie verschwand kurz – dann kam sie zurück. Mit einem Wasserkocher.

Dampf zischte aus der Tülle. Kochend heiß.

Sie riss John das Klebeband vom Mund.

Er schrie vor Angst auf.

Dann rammte sie ihm einen Metalltrichter in den Mund. Noch bevor er begreifen konnte, schüttete sie das kochende Wasser in seinen Rachen.

Dampf stieg auf. Er würgte, röchelte, Blut floss aus seinem Mund. Seine Augen quollen vor Schmerz.

Sie zog den Trichter heraus. John spuckte einen Schwall Blut auf die Fliesen.

„Jetzt bist du dran", sagte sie und wandte sich Alex zu.

Seine Augen waren panisch. Er schüttelte den Kopf, schrie stumm.

Doch Rachel hob bereits den Trichter.

In letzter Sekunde bewegte sich John.

Trotz gefesselter Hände hatte er die Nagelfeile aus seiner Hose gezogen und konnte sich schnell vom Klebeband befreien. Mit letzter Kraft rammte er sie Rachel mitten ins Auge.

Ein erschütternder Schrei durchbrach die Luft. Der Wasserkocher fiel – kochendes Wasser spritzte über Alex. Er schrie kurz auf. Rachel taumelte, kreischte, zog sich die Nagelfeile aus dem blutigen Auge.

John befreite Alex mit zitternden Händen. Doch Rachel schlug zurück.

Sie riss John zu Boden. Dann – mit dem Messer – schnitt sie ihm tief durch die Achillessehne. John schrie, trat mit dem anderen Fuß in ihr Gesicht. Das Messer fiel zu Boden.

Er kroch – schreiend, blutend – aus dem Badezimmer in den Flur.

Rachel, das Gesicht blutüberströmt, kam ihm nach.

Sie packte seine Beine.

„Du entkommst mir nicht!", brüllte sie.

Sie würgte ihn. Mit aller Kraft. Ihre Augen brannten. Ihr Mund verzog sich zu einem leichten Lächeln.

All der Hass, all der Wahnsinn – jetzt floss er in diesen einen Moment.

Dann – Alex kam aus dem Bad. Er hielt das Messer.

Mit einem letzten, befreienden Schrei rammte er es ihr in den Rücken.

Rachel kreischte. Alex riss das Messer tiefer. Von oben nach unten, durch Haut und Fleisch.

Blut spritzte in alle Richtungen. Sie sackte zusammen. Der Boden war ein See aus Rot.

Rachel bewegte sich nicht mehr.

Alex ließ das Messer fallen. Ging zu John. Er half ihm auf, langsam, beide am Ende ihrer Kräfte.

Sie umarmten sich. Lange. Fest. Zitternd. Dann blickten sie sich an.

Ein Moment des Überlebens. Ein Moment, der mehr sagte als jede Erklärung.

Sie wollten sich küssen.

Doch es klingelte an der Tür.

Beide erstarrten.

Sie sahen sich an. Wer… konnte das sein?

Hand in Hand gingen sie zur Tür. Langsam. Vorsichtig.

Blut klebte an ihren Fingern. Überall.

John öffnete sie.

Draußen stand – seine Mutter.

„John… ich denke… wir sollten noch einmal… miteinander reden…"

Sie schaute ihn an, sah Alex, sah das Blut.

Dann kippte sie um. Ohnmächtig. Auf den Boden.

ENDE

Zum Autor

Pascal Bornkessel

Pascal Bornkessel ist ein deutscher Filmregisseur, Schauspieler, Sänger und Autor.

Er erlangte Bekanntheit durch die Veröffentlichung seines ersten selbst inszenierten Horrorfilms „My Possessed Sister", bei dem er nicht nur Regie führte, sondern auch eine Hauptrolle übernahm.

Im Jahr 2018 erhielt sein Erstlingswerk eine Auszeichnung und wurde auf einer bekannten Streamingplattform veröffentlicht.

Dies spornte Pascal Bornkessel an, sich weiterhin der Filmproduktion zu widmen.

Zusätzlich zu seinen Filmen im Horrorgenre wirkte Pascal Bornkessel an weiteren Spielfilm- und Fernsehproduktionen mit.